Ludwig Bowitsch

**Vom Donaustrande -  Mährlein und Sagen**

Ludwig Bowitsch

**Vom Donaustrande -  Mährlein und Sagen**

ISBN/EAN: 9783741165948

Hergestellt in Europa, USA, Kanada, Australien, Japan

Cover: Foto ©Andreas Hilbeck / pixelio.de

Manufactured and distributed by brebook publishing software
(www.brebook.com)

Ludwig Bowitsch

**Vom Donaustrande -  Mährlein und Sagen**

Zur Erzählung: Der Springerwirth.

# Vom Donaustrande.

## Mährlein und Sagen

von

## Ludwig Bowitsch.

## Wien 1867.

Druck & Verlag von A. Pichler's Witwe & Sohn

# Vom Donaustrande.

# Die Donau.

Vom Schwarzwald laufen thalabwärts zwei Flüßchen, die Briegach und die Brege, um sich bei Eschingen ein gemeinsames Bett zu erwählen. Daher nannten die Kelten den aus zwei Flüßchen gebildeten Fluß: „Do-na" (d. i. zwei Flüsse).

Andere leiten die Bezeichnung des Stromes von „Dana" her, die als mächtige von den alten Deutschen gefeierte Nymphe des Schwarzwaldes dessen sämmtliche Quellen und Wässerlein beschützte.

Den Römern galt der gewaltige Strom als „Danubius", welches Wort aus „Diana Abnoba" gebildet worden sein soll, da die stolzen Weltbeherrscher die quellenreiche Bergkette Abnoba nannten und selbe der schirmenden Obhut Dianens vertrauten.

Kann auch die Donau mit dem alten Vater Rhein sich nicht messen, schlagen ihre Wogen auch nicht gleich den Wogen des Schweizersohnes an so vielen stolzen, prächtigen, volkreichen Städten empor; spiegeln sich in ihren Was-

1

jern auch nicht so gewaltige Dome und anderweitige Denk-
male vorübergegangener deutscher Macht und Herrlichkeit;
sind die Ufer doch an Kunst- und Naturschönheiten reich
und eine große Geschichte rollt vor den Blicken des Wan-
dersmannes sich ab.

Von der Donau aus wagten die Cimbern und Teu-
tonen den ersten Einfall in das römische Reich; Gothen und
Hunnen, Sueven und Markomanen, Heruler und Longo-
barden, Gepiden und Avaren drängten sich in rascher stür-
mischer Folge.

Der Rhein ist der Strom der deutschen Vergangenheit, während die Donau als ein Strom der deutschen Zukunft und germanische Cultur nach den traumhaften Landen des Ostens zu tragen berufen erscheint.

## Der Sperling am Ulmer Dom.

Die Alten pflegten ihre Gebäude, mochten diese nun
weltlichen oder geistlichen Zwecken gewidmet sein, mit allerlei Sprüchlein und Wahrzeichen zu schmücken. Diesem Gebaren lag die Absicht zum Grunde, merkwürdige und lehr-
reiche Begebenheiten dem Gedächtnisse der Nachwelt zu
erhalten.

Auch der Ulmer Dom ist an derlei steinernen Märlein nicht arm.

Unter anderen Bildwerken findet sich auch ein Spätzlein, das einen Halm der Länge nach in das Nest schiebt.

Wie männiglich bekannt, sind die Schwaben ein kreuz-
tüchtiges Volk. Da nun aber Niemand klug wird, bevor
er zu Schaden gekommen und die Weisheit nur nach harten Kämpfen mit Irrthum und Unkenntniß gewonnen werden mag, erscheint es ganz natürlich, daß auch die Schwaben,
um es zur Meisterschaft zu bringen, ihr tüchtiges Lehrgeld
zahlen mußten. Es werden auch von ihnen viel köstliche Hi-
störchen, die unter dem Namen der Schwabenstücklein gar
wohl bekannt sind, erzählt.

Ein derartiges Stücklein ist durch den Sperling am
Ulmer Dom verewigt.

Als die Bürger zum Dombau schritten, stellte sich die
Nothwendigkeit eines mächtigen Gerüstes dar. Man ver-
fügte sich daher in den nahen Wald und begann nach Kräf-
ten zu fällen.

Etwelche ungeheure, vielhundertjährige Tannenstämme
wurden quer über einen tüchtigen Wagen gelegt und durch
ein zahlreiches Ochsengespann nach der Stadt geführt. Als
man jedoch an das Thor gelangte, war guter Rath theuer.
Es hätte nicht allein dieses Thor sondern noch überdem
eine Mauerstrecke von guten 80 Ellen niedergeworfen werden müssen, um die riesigen Bäume weiter zu bringen.
Und dann versperrten wieder die engen Straßen den
Durchzug.

1 *

Während nun die Ochsen in der Stadt und die Tannen außerhalb derselben sich befanden, versammelte sich der
Rath, konnte jedoch zu keinem Beschlusse gelangen.

Da kam ein Büblein den ehrsamen Vätern zu Hilfe.

„Gestrenge Herrn!" rief der Retter in der Noth „eben
habe ich einen Spatzen betrachtet, der sein Nestlein baut,
der schiebt den Strohhalm der Länge nach in seinen Bau
hinein. Meinte wohl, wir sollten's auch in dieser Weise
versuchen."

Da ging den Herren ein Lichtlein auf; sie verfügten
sich auf den Schauplatz der Verzweiflung, legten die Balken der Länge nach auf den Wagen und o Wunder die
Einfahrt gelang.

Nach dieser Methode wurden fortan die Balken be-
fördert; das Spätzlein aber, durch welches der Ulmer Stadtrath auf den rechten Weg geführt worden war, erhielt
seine Gedenktafel im Münster und bildet eines der sinnig-
sten Wahrzeichen bis auf den heutigen Tag.

---

## Der Leinweber von Ulm.

Gleich andern deutschen Schwesterstädten war Ulm
unter den Hohenstaufen lustig emporgeblüht. Selbst die
Wirren, so nach dem im Jahre 1250 erfolgten Tode Kaiser Friedrichs II. über Deutschland einbrachen, vermochten

den Muth und das Glück des Bürgerthums nicht zu un-
tergraben, im Gegentheile waren sie der Anlaß zu Bünd-
nissen \*), die das Selbstvertrauen der Städte erhöhten; und
während der Adel in gegenseitiger Fehde sich aufrieb und
die Burgen nicht selten Räuberhöhlen wurden, waltete
innerhalb der städtischen Mauern Sitte und Recht, trugen
Handel und Gewerbe ihre goldenen Früchte. Freilich forderte die harte Zeit tüchtige Männer, aber die Bürger
des Mittelalters einten eben mit der Umsicht des Rathsherrn auch die Tapferkeit des Kriegers.

Auch Ulm hatte seine Sorgen und Mühen. Oft
herrschte in der ehrsamen Rathsstube gewaltigste Aufre-
gung, ohne daß ein Beschluß gefaßt werden konnte. In
derlei kritischen Fällen forderten dann die Schöppen auch
den einen oder den anderen Mitbürger außerhalb des Ge-
richtshauses zur Abgabe seiner Ansichten und Meinun-
gen auf.

Wer aber nicht selten den Nagel so recht auf den
Kopf traf, das war der Leinweber Ulrich.

Der wackere Mann erfuhr derowegen manch ehrende
Auszeichnung und wenn die Väter der Stadt sich zu fest-
licher Feier zusammenfanden, durfte auch Meister Ulrich
nicht fehlen.

---

\*) Die Stiftung des nördlichen Städtebundes, der spä-
terhin so berühmt gewordenen „Hansa," fällt bereits in das
Jahr 1241.

So gewiegt aber der Leinweber im öffentlichen Leben war, so mächtig seine Rathschläge auf das Gemeinwesen wirkten; daheim am Webstuhle spielte er eine klägliche Rolle. Ihm war ein böses Weib zu eigen, an dessen Ohren Ermahnungen und Drohungen spurlos verhallten.

Frau Hanna war jähzornig, starrsinnig und verschwenderisch.

Natürlich konnte unter solchen Verhältnissen das Hauswesen keinen gedeihlichen Fortgang nehmen und hätte auch Ulrich Tag und Nacht ohne Unterbrechung sein Handwerk betrieben, er würde doch auf keinen grünen Zweig gekommen sein.

Als im Jahre 1274 Kaiser Rudolf I. Ulm mit seiner Gegenwart auszeichnete, hatte der gute Meister eine Masse von Aufträgen für den hohen Rath zu besorgen. Er stand als öffentliche Persönlichkeit auf der Höhe seines Glanzes, während er als Hausvater und Gatte die ärgsten Demüthigungen erfuhr. Frau Hanna ließ ihrer wilden Laune unbehinderten Lauf. Ueber Ulrich ergoß sich fortan eine Flut von Schmähreden; die Kinder schrieen unter den Peitschenhieben ihrer verbitterten Mutter und der Spieß auf dem Herde war in ewiger Bewegung.

„Ich will essen und trinken, mag auch der letzte Hausrath in die Tröblerbude wandern!"

Mit verschränkten Armen und gesenktem Haupte betrachtete eines Morgens der Leinweber das heillose Gebaren seiner Gefährtin.

Da öffnete sich die Pforte und ins Gemach trat ein Mann von einigen 30 Jahren, der im Gefolge des Kaisers angekommen zu sein schien, über dessen Stand und Walten jedoch ein geheimnißvoller Schleier gebreitet lag.

„Ihr werdet wohl einen Gesellen brauchen," sprach der Fremde.

„Ich habe nicht Geld, um Flachs zu kaufen zur Verarbeitung durch meine eigenen Hände!"

„Um so mehr dürfte ich Euch willkommen sein! Ich verstehe das Handwerk aus dem Grunde und will gern ein Stück Geld zum Ankauf des Rohstoffs Euch vorstrecken!"

Sofort setzte er sich an den Webstuhl, trillerte ein lustig Lied und ließ das Schifflein auf und nieder tanzen.

„Ein seltsamer Gast!" sprach Ulrich in sich hinein.

„Es bleibt dabei — sollt Eure Freude an mir haben," fuhr der Fremde fort „hier ist Geld auf einen frischen Morgentrunk, denn wer arbeitet, darf weder hungern noch dursten!"

Das war für Hanna der rechte Mann.

„Ihr sollt bei uns bleiben," entschied sie mit donnernder Stimme, „solch' einen Gesellen laß ich mir gefallen."

Ulrich befreundete sich nach und nach auch mit Ansbert, so hieß der wundersame Recke — konnte aber dennoch eines gewissen leisen Grauens nicht völlig Meister werden.

Das Leben im Hause selbst gestaltete sich äußerst flott. Ansbert besorgte den Flachs, trug das Leinenzeug auf den Markt und warf mit den Geldstücken um, als wären diese eben nichts weiter, als taube Nüsse.

Frau Hanna aß und trank den ganzen Tag hindurch und vergaß in diesem Taumel auch Hader- und Scheltworte.

Des Abends erzählte Ansbert mehrentheils von seinen Fahrten und Abenteuern.

„Auf welche Weise habt Ihr die beiden kleinen Finger eingebüßt?" frug Ulrich.

„Sind mir von einem berühmten Arzte abgenommen worden."

Plötzlich erkrankte das jüngste von Ulrichs Kindern und starb.

Noch hatte der Grabhügel sich nicht mit Gras zu schmücken begonnen, als ein zweites Kind auf die Bahre gelegt werden mußte.

Darob zerfloß Ulrich in Thränen und auch Mutter Hanna wurde ein wenig nachdenklich und ernst.

Ansbert aber sprach folgendermaßen zum Weber: „Die Zeit meines Aufenthaltes an Eurem Herde ist abgelaufen. Ich muß wieder in die Welt hinaus wandern. Bevor ich jedoch scheide, will ich Euch ein Geheimniß offenbaren. Stromaufwärts, wie Ihr wißt, liegt Riedlingen. In einer Vollmondnacht müßt Ihr Euch auf den Weg machen. Am Orte vorüber geht ein Fußpfad nach einer be-

waldeten Bergeshöhe. Eine alte Burg stellt sich Euch entgegen. Nun gilt es durch eine schmale Pforte vorzudrin-
gen und die Wendeltreppe zu ersteigen. Seid ohne Bangen und folget dem Geheiße dessen, der Euch entgegen tritt.
Viel Gold und Edelgestein liegt dort verscharrt."

„Hält' ich nur meine beiden Kinder!"

„Wohl ist ein friedlicher Hausstand kostbarer, als
alles Gold der Erde. Indeß ich fühle mich zu Dank
verpflichtet und diesen Dank zu bethätigen, gab ich mein
Geheimniß preis! Haltet's nach Belieben!"

Als Ansbert fortgezogen war, schien die Wohnung des
Leinwebers in eine Gruft verwandelt zu sein.

„Der seltsame Geselle hat mir's angethan," äußerte
Ulrich. „Wie unheimlich mir auch oft in seiner Nähe ward,
nun, wo er mich verlassen, vermiß ich ihn auf jedem Schritte."

Der Meister ließ nun allein sein Schifflein über die
Weben tanzen.

Anfangs ging's leidlich. Frau Hanna schien durch den
Verlust ihrer Kinder auf den Weg einer bessern Erkennt-
niß geführt worden zu sein. Bald aber kehrten die alten
bösen Neigungen und Gewohnheiten zurück. Der während
der Anwesenheit Ansberts beigeschaffte Hausrath wanderte
wieder zum Trödler und Ulrich mußte Tage befahren,
die den schlimmsten der Vergangenheit nicht nachstanden.
In seiner verzweifelten Stimmung gedachte der Meister

des ihm von Ansbert anvertrauten Geheimnisses und obgleich es ihm sündhaft däuchte, die Gespensterwelt zu versuchen, schritt er doch schließlich an's Werk.

Es war eine herrliche Mondennacht. Still und
schweigsam lagen die Fluren und Wälder, nur zuweilen
zischte der schrille Flug eines Nachtvogels durch die un-
bewegte Luft. Rastlos schritt Ulrich fürbas. Bereits zuckten im Osten einzelne Flammengarben empor und kün-
digten die Ankunft des stolzen Tagesgestirnes an, während da und dort ein Amselruf oder ein Lerchentriller
sich vernehmen ließ. Höher und höher, bergaufwärts
führte der Pfad, dunkler wölbten sich die Tannen, ern-
ster und feierlicher strebten die Felskolosse empor. Endlich war das Ziel erreicht. Eine seltsam gebaute, dem Zerfall,
wie es schien, preisgegebene Burg hob ihre Zinnen in
den klaren, blauen Himmel. Die schmale Pforte war un-
verschlossen; eine steile, enge Treppe wand sich in großen Kreisen durch den Bau. Ulrich stand vor einer Thüre
und drückte nicht ohne Bangen an das Schloß. Die Angeln klirrten; ein hohes, schwarz getäfeltes Gemach mit
riesigen Schränken und allerlei seltsamen Zierath breitete sich aus. Vor einem Pulte, in das Lesen eines mächtigen Buches vertieft, saß ein alter Mann mit langem,
schneeweißen Bart.

„Seid willkommen Fremdling," klang es wie aus
einem Grabe.

Ulrich zitterte, faßte sich jedoch so gut als möglich und bat unter dem Vorwande, sich verirrt zu haben, um gastliche Aufnahme.

„Seid willkommen," wiederholte der Mann mit dem Barte und ein mattes Lächeln schien über die bleichen Wangen zu zucken.

Ehebevor noch Ulrichs volle Besinnung zurückgekehrt war, fand er einen reichen Imbiß bereitet.

„Einen Wein, wie diesen hier," bedeutete der unheimliche Wirth, „dürftet Ihr wohl kaum bis nun getrunken haben — ich habe ihn selbst vor 100 Jahren eingekellert!"

Der Leinweber besann sich der Mahnung Ansberts, raffte allen Muth zusammen und gab der Aufforderung des Burgherrn Bescheid.

Nachdem einige Humpen geleert waren, zog der Wirth eine Unzahl von kleinen Feilen, Sägen und Messern aus seinem faltenreichen Ueberwurf hervor und breitete diese Werkzeuge auf dem Tische aus.

„Was deutet das?" fuhr Ulrich entsetzt empor.

„Nichts weiter, mein lieber Gast — ich werde Euch nur ein paar Finger abnehmen. —"

„Nichts weiter — —" wiederholte von Fieberfrost durchschauert der Weber.

„Ich war einst ein hochberühmter Arzt und von der Meinung befangen, daß keine Kur mir mißlingen könne. Der Herr dieser Burg hatte sich auf der Jagd zwei Fin-

ger gequetscht; ich nahm die Sache als Kinderspiel und
schritt zur Operation. Leider wurde meine Vermessenheit
zu Schanden, der reiche Schloßherr starb einen jämmer-
lichen Tod; ich aber wurde verdammt mich fortan in
meiner Kunst bis zum Tage der einstigen Erlösung zu
üben; dagegen steht mir die Verfügung über die geheimen
Schätze dieses Rittersitzes zu. Dein Antheil liegt im
nördlichen Felsschrund nächst dem Bache unter dem in
voller Blüte stehenden Schlehendorn!"

Dem Weber fielen die Augen zu.

Als er wieder aufwachte, fand er sich vor der Burg
auf weichem Moose liegen. An der rechten Hand fehlten
der Daumen und der Zeigefinger; doch war keine Spur
von einer Wunde mehr zu sehen.

Nach Bewältigung des Entsetzens brach er zur Hebung des Schatzes auf. Der blühende Schlehenstrauch
war bald gefunden und unter ihm lag ein mit Gold- und
Silberstücken gefüllter Lederbeutel.

Zu Ulm war Meister Ulrich bereits als todt be-
trauert worden. Er war gegen drei Monate abwesend
gewesen.

„Ich habe eine kleine Erbschaft nach einem Onkel
behoben," lautete des Rückgekehrten Angabe, „quetschte
mir jedoch auf der Heimfahrt den Daumen und Zeigefinger der rechten Hand. Gott wolle den Arzt segnen,
der mich wieder heil gemacht!"

Nun gab's freilich wieder heitere Tage im Hause des Webers. Die Kinder wurden mit neuen Kleidern versehen und die kahlen Wände schmückten sich wieder mit Tischen und Schränken.

Frau Hanna aber blieb wie sie immerdar gewesen. Mochte der Weber die Goldfüchse auch noch so sorgfältig verwahren, die Spürnase des bösen Weibes war nicht zu täuschen.

Der Schatz, welcher bei gehöriger Verwendung den Wohlstand der Familie dauernd zu begründen fähig gewesen wäre, zerrann gleich einer Seifenblase.

Hanna vergeudete das Geld auf eine widersinnige Weise. Der Spieß war nie ohne Braten, der Humpen nie ohne Wein.

„Mag sich denn das Schicksal erfüllen!" seufzte Ulrich, „so lange sie schwelgt, rafft sie sich doch nicht zu Scheltworten auf. Ein böses Weib kann der Teufel mit all seinem Gold nicht bemeistern!"

Der Inhalt des Lederbeutels war erschöpft. Noch einige Male unternahm Ulrich die Fahrt nach dem Zauberschlosse, aber keine Spur des Baues war zu finden.

Trübselig setzte sich der gute Meister wieder zum Webstuhle, der lange Zeit vernachlässigt worden war; aber mit dem Handwerk war's aus — die verstümmelte Hand versagte den Dienst.

Hanna griff wieder zum Hausrath, vollführte jedoch dessen völlige Verschleuderung zum dritten Male nicht.

Ein Schlagfluß machte ihrem Leben ein Ende. Sie starb
den Weinkrug in der Hand.

Das älteste Kind, ein Töchterlein von 17 Jahren
mit Namen Kathrein übernahm nun die Wirthschaft.

Der neuerwählte Bürgermeister erinnerte sich der
guten Dienste, welche Meister Ulrich vor Zeiten dem Gemeinwesen geleistet, und übertrug dem Schwergeprüften
die eben erledigte Stelle eines Sendboten. War auch das
Einkommen nicht groß, so wurde doch unter Beihilfe der
gutmüthigen und sparsamen Kathrein ein sorgenloses und
fröhliches Auskommen gefunden.

Noch viele Jahre verwaltete Ulrich mit gewissenhaftem
Eifer sein Amt und schaute noch manch ein schmuckes En-
kelkind emporblühen, deren keines jedoch im Gemüthe der
schlimmen Großmutter glich.

---

## Der Schmied und sein Sohn.

Ein heiterster Frühlingsmorgen hatte seine Zauber
über die Fluren Thalheims gebreitet. Lustig wirbelten die
Lerchen in der hohen blauen Luft, während die Heimchen
aus dem Wiesengrund ihr schmetterndes Gezirpe vernehmen
ließen. Unter der alten Linde, welche den Vorplatz der
Schmiede überschattete, drückte der ehrenwerthe Meister

seinem Sohne, einem schmucken, mannlichen Burschen die
Hand zum Scheidegruße.

„Gott segne Deine Wanderschaft, Rupprecht! Der
Sohn des Wirthes und des Müllers, welche beide Dir
bis an die Grenze unserer Landschaft das Geleite geben
werden, um dann in anderen Richtungen ihr Glück zu
versuchen, vermögen sich wohl eines beträchtlicheren Reise-
geldes zu rühmen, als Du. Das darf Dich nicht ver-
drießen. Du ziehst in die Ferne, um Erfahrungen zu
machen, nicht aber Geld und Jugend zu vergeuden. Statt
einer reich mit Gold gefüllten Börse geb' ich Dir meine
Grundsätze mit auf den Weg. Was Dir auch Wider-
wärtiges begegnet, laß Dich im Glauben an die Menschheit nicht wankend machen. Handle so, daß Du des
Glückes würdig bleibst, und glaube mir, wer gut ist, ist
zuletzt auch immer glücklich. Mag Dir ein Liebesdienst
mit Undank und mit Hohn vergolten werden, in dem Bewußtsein findet sich ein sicherster und bester Lohn. Ver-
säume nie zu helfen, wenn es in Deiner Macht gelegen
ist, auf daß Dir Hilfe werde vom Geschicke in den Stunden Deiner Noth."

Mit Thränen in den Augen wankte Rupprecht fort.
Auf dem Kirchplatze harrten seiner bereits die Kameraden;
das waren wißfrohe, lecke Gesellen. Eingebildet auf ihre
Habe und von der Ueberzeugung verblendet, daß Gold die
Wünschelruthe aller Erdenfreuden sei, fühlten sie kein

Bangen, als das letzte Haus des Heimatdorfes im Erlen-
busch verschwunden war. Rupprecht vermochte in die muth-
willigen Lieder nicht einzustimmen; zwang er sich zuweilen,
irgend einen Schwank mitzumachen, um nicht zur Ziel-
scheibe boshafter Bemerkungen zu werden, so bannte er
doch dadurch die Wehmuth nicht, die mit leisen Schwingen
ihn umrauschte. Er mochte nicht begreifen, daß das
Elternhaus so bald und so leicht vergessen werden könne.

Nach längerer Wanderung auf der Heerstraße ging's
durch einen großen düsteren Wald. Endlich langten die
Recken an einer Brücke an, die über einen tiefen im Abgrund donnernden Wildbach führte. An der Brücke saß
ein verkrüppeltes Weib, das um eine milde Gabe flehte.

„Was ein so häßliches Ungeziefer auf der Erde zu
schaffen hat!" rief der Müllerbursche.

„Störst uns nur die gute Laune, alte Nachteule!"
höhnte der Wirthssohn.

Und sie schritten, Rupprecht mit sich ziehend, über
die ersten Balken der Brücke. Rupprecht aber, der väterlichen Ermahnungen sich besinnend und wohl auch von
Mitleid über das alte von seinen Begleitern mißhandelte
Mütterlein ergriffen, riß sich los, eilte zurück und drückte
dem armen Weibe, das sich eben die Thränen des Elends
und der Erbitterung von den braunen Wangen wischte,
einige Kupferstücke in die Hand.

„Sei's Euch zum Frommen, gute Alte — ich hab' nicht mehr!"

Da scholl's wie ein Donnerschlag, tausendfach nachhallend im Walde — Angstrufe der Verzweiflung — Todesstöhnen. —

Die Brücke war unter den beiden Wanderern eingebrochen. Die zerschmetterten Leichname trieben im Wirbel der zischenden Flut.

Als das Gefühl des Grausens und Entsetzens verwunden war, blickte Rupprecht ehrfürchtig zum Himmel empor: „Ewige Macht, du hast die Heiligkeit der väterlichen Lehren in erschütternder Weise bezeugt!"

Und er wandelte fortan im Geiste dieser Lehren und fand nie einen Grund, seine kindliche Ergebenheit zu bereuen.

## Der Burgvogt von Hochstädt.

Abwärts von Dillingen im Baierlande liegt Hochstädt, eine kleine, aber durch die in ihrer Nähe geschlagenen Schlachten in der Geschichte vielgenannte Stadt. Im Jahre 1083 errang hier Kaiser Heinrich einen blutigen Sieg über den Herzog von Baiern; 1643 wütheten die Kroaten in unmenschlichster Weise; 1703 überwand Kurfürst Max gemeinsam mit dem französischen Marschall

Villars den österreichischen General Styrum; 1800 trafen abermals Franzosen und Oesterreicher zusammen. Unfern der Stadt auf einem Hügel hart an der Donau liegt ein ziemlich weitläufiges Schloß, dessen Erbauung in der neueren Zeit vollzogen wurde. Im 10. Jahrhunderte hob sich eine kleine Zwingburg empor, welche den Vogt beherbergte, der im Namen der Mönche von Reichenau, denen im Jahre 813 Hochstädt sammt Umgebung vom Kaiser Karl geschenkt worden war, mit unumschränkter Macht schaltete und waltete.

Dieser Vogt war ein grundböser Mensch, der nur die Mehrung seiner Habe im Auge hatte und dessen Herz die Regungen des Mitleids und der Erbarmniß nicht kannte.

Ihm näherte sich eines Tages der Böse in der Gestalt eines reisenden Handelsmannes und erbot sich das aufgespeicherte Korn um märchenhaft hohen Preis zu kaufen. Deß war der Vogt wohl zufrieden und schloß den Handel ab.

Bald wimmelte es im Städtlein von seltsamen Fuhrleuten mit nachtschwarzen Rossen, deren Augen gleich Wetterstrahlen leuchteten.

Das Korn wurde verpackt und auf Sturmwindsflügeln brauste die Karavane von dannen.

Der Handelsmann aber zählte dem Vogt die bedungenen Goldrollen auf.

„Diesen Beutel da," rief er „wollt' ich Euch wohl als Zugabe überlassen, wenn Ihr mir ein kleines Versprechen zu leisten gesonnen wäret."

Dem Geizhals traten die Augen aus ihren Höhlen. „Was fordert Ihr?"

„Nichts weiter — unterschreibt mit Eurem Blut, daß Ihr nie und nimmer dem Mitleid und der Schonung einen Sieg über Euer Herz verstatten wollet!"

„Das mag ich leicht geloben," entgegnete der Vogt, „keine Seele soll mich barmherzig finden!" Darauf ritzte er sich den Arm und fertigte die Urkunde aus.

Der Böse aber warf ihm, höhnisch lachend, den goldgefüllten Beutel vor die Füße.

Von jener Zeit ab erwies sich der Burgverweser furchtbarer als je.

Wohl verschworen sich einige Bürgersleute den Ruchlosen zu erschlagen, aber ihre Streitäxte und Schwerter zersplitterten im Augenblicke des Angriffs gleich eitlen Seifenblasen.

Da gewahrte der Vogt eines Tages eine jugendliche Dirne, deren Liebreiz ihn lüstern machte. Er stellte ihr nach und versprach Gold und Geschmeide, falls sie ihm zu Willen sein würde. Das Mädchen wandte sich aber mit Grausen von dem allverhaßten Manne ab und wies die verlockendsten Anträge ohne weitere Ueberlegung zurück. Nun geschah es, daß ein Bruder der schönen Maid aus

2 *

Unvorsichtigkeit eines der Schafe, die dem Kloster ange-
hörten, erschlug.

Der Burgvogt ließ den Frevler fesseln und in die
Burg empor schleppen.

„Wohl sollte ich Dich zu Tode peitschen lassen, doch
will ich der Nachsicht Raum verstatten, so fern Du Deiner
Schwester zusprichst, mir als Weib durchs Leben zu folgen!"

Kaum waren die Worte gesprochen und des Jünglings Schritte im Schloßhof verhallt, als eine gellende
Stimme sich vernehmen ließ:

„Du hast Barmherzigkeit geübt — bist nun mein!"

Drauf faßte der Satan den Verbleichenden, zerschlug seinen
Kopf an der Mauer und fuhr mit ihm durchs Fenster hinaus.

Der Blutfleck aber, welcher vom gräßlichen Ende
des Zwingherrn Zeugniß gab, ließ sich weder durch Wasser noch Tünche beseitigen und erzählte Jahrhunderte lang
Enkeln und Urenkeln die Geschichte vom grausamen Burgvogt.

---

## Des Frevels Strafe.

Kaiser Friedrich II. war im Jahre 1250 gestorben
und hatte das Reich in tiefster Verwirrung zurückgelassen.
Konrad IV. bestieg wohl als Sohn und Erbe den Thron,
fand aber an Wilhelm von Holland einen erbitterten Ne-
benbuhler und Gegenkönig.

Papst Innocenz IV. sprach über die Hohenstaufen den Bannfluch aus und steigerte dadurch die Noth und den Jammer in Deutschland.

Bischof Albert von Regensburg fiel einer der Ersten von Konrad ab. Die Bürger der Stadt jedoch blieben dem Könige treu und zwangen den Kirchenfürsten in der Veste Donaustauf seine Zuflucht zu suchen.

Bald darnach überfiel der Bischof mit seinen Reisigen König Konrads Braut, welche mit großem Geleite durch das Regensburger Gebiet ihren Weg nahm.

Darob ergrimmte Herzog Otto von Baiern und verwüstete gemeinsam mit des Königs Gewaltschaaren Alles, was zum Bisthum gehörte.

Albert bot Frieden und Unterwerfung an, ohne jedoch dem Gedanken wahrhafter Versöhnung Raum zu verstatten.

Kaum hatte Konrad im Kloster zu St. Emeran für einige Zeit seine Residenz aufzuschlagen den Entschluß gefaßt, so trat auch schon der Bischof mit dem Abte des Klosters in Unterhandlung. Es galt den König aus dem Leben zu schaffen. An der Spitze der gedungenen Mörder stand Konrad von Hohenfels, der Sohn eines bischöflichen Hofschranzen.

Des Königs Genossen verbluteten. Konrad selbst würde als Opfer gefallen sein, wenn nicht ein treuer Freund Friedrich von Emesheim ihn gewarnt und an sei-

ner Statt nach Verwechslung des Schlafgemachts den Todesstoß empfangen hätte.

Grollend ob solch' schnöder Verrätherei und aufgeregt durch seines hochherzigen Freundes Opfertod schwur
der Gerettete blutige Rache.

Wohl entkamen der Bischof und sein Spießgeselle,
Konrad von Hohenfels. Der Abt von St. Emeran wurde
jedoch in den Kerker geworfen, das Kloster der Plünderung
preis gegeben und jener Flügel, welcher Zeuge des Bu-
benstücks gewesen war, bis auf den letzten Stein zerstört.

Die Regensburger übrigens versicherte der König
seiner Huld und bestätigte ihnen ihre alten Privilegien.

Konrad von Hohenfels verlor auf der Flucht den
Bischof und sein Gefolge. Den Stachel des schlechten Ge-
wissens in der Brust, irrte er von Wald zu Wald, von
Schlucht zu Schlucht und gelangte endlich nach Passau.

Nachdem er sich den Kreuzfahrern angeschlossen hatte,
zog er ins heilige Land und gerieth vor Joppe in die Ge-
fangenschaft der Muhamedaner. Zehn Jahre durchlebte er
als Sclave, bis ihm durch Vermittlung der Frau eines
türkischen Kaufmannes, deren Wiege gleichfalls in den deutschen Gauen gestanden hatte, die Fesseln gelöst wurden.

Nach langer Irrfahrt kam der mittlerweile ergraute
Ritter nach Regensburg zurück.

Wohl war keine Verfolgung mehr zu fürchten. König Konrad lag längst in der Gruft und auch Otto von Baiern und der böse Bischof hatten das Zeitliche gesegnet.

Hohenfels konnte hoffen, wieder in den Besitz seiner indeß vom Stadtrath verwalteten Güter zu gelangen.

Er pochte als Pilgrim an die Pforten von St. Emeran, Erholung von der weiten Reise und Rathschlüsse für die Zukunft zu gewinnen.

Kein Schlummer mochte indeß die müden Augen schließen. Das Gedächtniß der verübten Frevelthat zischte gleich einer giftigen Schlange nach seinem Herzen. Die Schatten der Erschlagenen hoben sich aus ihren Gräbern empor und wiesen ihre Wundenmale auf.

Da rollte ein furchtbarer Donner über Stadt und Kloster dahin. Konrad stürzte ans Fenster und brach von der Wucht eines Blitzes getroffen zusammen.

Jahrhunderte aber darnach sprach man noch von des Himmels Gericht, das den Verbrecher auf der Stätte, wo das Verbrechen verübt worden war, mit gewaltigem Arme ereilt hatte.

## Der Natternfels.

Am linken Ufer der Donau unterhalb Straubing ragt ein ungeheurer Granitblock empor, der auf seinem Scheitel die Ruinen der einst gewaltigen Burg „Bogen" trägt.

Am Fuße des Berges liegt das uralte Kloster Metten.

Im achten Jahrhunderte hatte das Christenthum den zerstreuten Bewohnern jener Gegend die ersten Segnungen zu bieten begonnen. Große Verdienste erwarb sich ein edler Held, Gammelbert geheißen, der, nachdem er Schwert und Panzer abgelegt hatte, in härener Kleidung mit dem Kreuze in der Hand die Lehre des Heils verkündete. Sein Adoptivsohn und Schüler Utho setzte das in Angriff genommene Werk rüstig fort und erbaute um das Jahr 800 mit Genehmigung Kaiser Karl des Großen das Kloster Metten.

Eine halbe Wegesstunde von diesem Kloster entfernt breitet sich das Städtlein Deggendorf aus.

Dieses Städtleins Einwohner richteten ihr Leben streng nach den Ermahnungen und Lehren der frommen Mönche ein und galten bald im ganzen Baierlande als mustergiltige Vorbilder der Ehrbarkeit und Tugend.

Darob brütete der „Böse" auf Rache und Verderben.

Er suchte den Einen oder den Anderen, der da schwankte, zum Abfall vom Glauben zu bewegen und bediente sich des Verführten zur Lobpreisung der Sünde und Verhöhnung des göttlichen Willens.

Er weckte die Hoffart und Eitelkeit in den Seelen der Weiber und meinte durch ruchlose Jungfrauen dem Gnadenwerke der Erlösung den Todesstoß zu geben.

Die Deggendorfer waren nicht so leicht dem Himmel abwendig zu machen. Sie hielten gekräftigt durch die salbungsvollen Worte der Mönche über die räudigen Schafe in ihrer Mitte ein strenges Gericht und brachten statt dem Erzfeinde der Menschheit die Freude eines gemeinsamen Abfalls vom heiligen Bunde zu bereiten, selbst die einzelnen Gefallenen wieder in den Schooß der Kirche zurück.

Da sann der Böse die ganze Gegend mit Einem Schlage zu vernichten. Er holte aus Welschland einen riesigen Felsblock und trug ihn auf seinen schwarzen Flügeln gegen Deggendorf hin. Da erscholl vom Kloster das Glockengeläute zur Frühmesse und der Stein entglitt machtlos den Klauen des Höllenfürsten.

Der aber ward von jener Stunde ab der „Natternberg" genannt.

Später erbauten auf seinem Gipfel die Herren von Bogen ihr ritterlich Schloß. Dieses ist vergangen im Laufe der Zeiten, aber das Kloster in der Tiefe grüßt noch heute den Wanderer und erquickt seine Seele mit dem Zauber eines wundersamen heiligen Friedens.

## Schloß Bogen.

Die Gründung dieser nunmehr zertrümmerten, einst durch ihre Lage als unüberwindlich verrufenen Burg fällt in das eilfte Jahrhundert. Die Mehrzahl der Grafen von Bogen lebte von Plünderung und Raub und manch eine grauenhafte Sage rankt sich an den öden Mauern empor.

Einer der kriegslustigsten unter den kriegslustigen Herren war Albrecht, der im Jahre 1163 das Licht der Welt erblickte, aber auch bereits im Jahre 1198 seine Flammenaugen wieder schloß. Herzog Ludwig von Baiern vermochte allein gegen den Uebermüthigen nichts auszurichten. Aber auch die vom Kaiser ausgesprochene Reichsacht würde schwerlich widerstandslos durchgeführt worden sein, wenn nicht eben der Tod den Landfriedenstörer in einen stillen Mann verwandelt hätte.

Albrechts Wittwe, die Tochter des Königs Premislaus von Böhmen, galt als eine der schönsten und liebenswürdigsten Frauen ihrer Zeit.

Der flatterhafte Herzog Ludwig I. von Baiern fühlte sich von der Erscheinung der Gräfin bezaubert und bot ihr Herz und Hand.

Ludmilla, welche einige Bedenken hegen mochte, führte den Werber in ein mit Tapeten behängtes Gemach. Auf goldenem Grunde in leuchtenden Farben ausgeführt, erhoben sich drei stattliche Ritter.

„Nun," rief die Gräfin scherzend „so möge denn die feierliche Verlobung in Gegenwart dieser Zeugen statt finden."

Ludwig willfahrte dem scheinbar kindischen Ansinnen und legte ein feierlichstes Gelöbniß ab.

Kaum waren jedoch die Worte gesprochen, als die Tapeten sich theilten und drei stattliche lebende Ritter hervortraten, den Herzog zur Erfüllung seines Eides auffordernd.

Gegen Ablauf des Jahres 1204 ward auf dem Schlosse zu Landshut die Vermählung mit allem Aufwand an Macht und Pracht vollzogen. Nach Jahresfrist gebar Ludmilla einen Sohn, der als Otto II. seinem Vater in der Regierung folgte und der Stammhalter des Wittelsbachschen Hauses und des zur Stunde herrschenden bairischen Königsgeschlechtes wurde.

## Johann von Passau.

Vor grauen, grauen Zeiten hauste auf seinem Schlößlein zu Passau ein Ritter, der an Muth und Entschlossenheit den edelsten Helden nicht nachstand, an Fluchworten und Scheltreden aber die größten Lästermäuler überbot. Dafür galt es auch bitter zu büßen. Niemand mochte mit dem Polterer verkehren. Verirrte sich zu

Zeiten ein Pilgrim in die verrufene Burg, so trachtete er doch gewiß so bald als möglich wieder das Ausgangspförtlein zu gewinnen. Weder Harfenspiel noch Becherklang durchscholl die öden Mauern.

Johann von Passau war einzig und allein auf die
Gesellschaft seiner Ehefrau verwiesen. Die arme Dulderin mußte die volle Wucht des ritterlichen Grolles auf
sich nehmen. Eines Abends schloß sie ihre müden Augen
und erwachte nicht wieder.

Nun ging dem Einsamen sein tolles Gebaren zu Herzen und Thränen der Reue rollten über die braunen
Wangen hinab.

Da erschien ihm in der Nacht seine todte Gemalin,
schöner und lieblicher, als sie im Leben gewesen und sprach:
„Ich habe Deine Klagen in meinem Gruftgewölbe vernommen und die Thränen Deiner Reue geschaut. Die ewigen
Mächte verstatten mir wieder an deiner Seite zu weilen
und Dein trübes Gemüth zu erheitern. An eine Bedingung
bleibt jedoch mein Walten auf Erden gebunden! Oeffne
Deine Lippen nicht wieder zum Fluche! Das erste Scheltwort verbannt mich auf ewig von Dir!"

Wonnetrunken stürzte der Ritter in die Arme der
wiedergewonnenen Gattin und gelobte sein böses Gelüste zu
zwingen.

Als der Morgen graute, befahl Johann ein festliches
Gelage zu bereiten?

„Ein festliches Gelage?!" sprach Bertha ihre Locken schüttelnd.

„Unsere Wiedervereinung soll nach Gebühr gefeiert werden."

„Laß uns unser Glück in Demuth vor Gott und unter Lobpreisung seiner unerforschlichen Rathschlüsse genießen — die laute Freude ist die echte nicht — und wen denkest du endlich zu Gaste laden zu wollen? wer wird erscheinen?"

„Verflucht," wetterte der Ritter empor „verflucht und vermaledeit." —

Ein Donnerschlag erfolgte. Bertha deckte wieder als Leiche den Boden.

Vergebens zerraufte Johann von Passau sein Haar.

Er war allein und blieb allein und durchirrte Jahrhunderte lang fluchend und grollend das öde Gemäuer.

---

## Krempenstein.

Bevor man nach Engelhartszell gelangt, fährt man an einer steilen Felsenwand vorüber, deren Scheitel die Ruinen eines alten Raubschlosses trägt. Die Geschichte schweigt von der Gründung und gibt auch die Zeit nicht an, in welcher die Burg dem Verfalle überliefert wurde. Ein einziger vierkantiger Thurm blickt zur Stunde noch me-

lancholifch in die Donau hinab, aber auch ihn hat der
Zahn der Zeit bereits tüchtig angefressen.

Längst, nachdem die Ritter fortgezogen waren, hatte
ein armer Schneider den Krempenstein zur Wohnstätte er-
wählt. In einem der allgemeinen Zerstörung entgangenen
Gemache trieb der gute Meister sein ehrsames Handwerk
und stieg von der felsigen Höhe nur dann ins Thal, wenn
es Arbeit zu übernehmen oder abzuliefern, Kleidungsstoffe
und Lebensmittel einzukaufen galt. Sein stilles Leben wurde
ihm durch die Gesellschaft einer Ziege erheitert, die lustig
auf und nieder sprang und des Meisters Neigung und
Sorgfalt mit trefflicher Milch belohnte.

Jahre vergingen. Schneider und Ziege wurden
griesgrämiger und gebrechlicher und eines Abends als
der Meister von seiner Thalfahrt zurück nach der Höhe
sich wandte, fand er die treue Gespielin auf der Burgflur
entseelt.

Darob überkam Verzweiflung und Groll den alten
einsamen Mann: im Begriffe das Thier von der Felsen-
höh' in die Donau zu schleudern, verfing er sich mit seinem Rocke in den langen gebogenen Hörnern und stürzte
zugleich mit der Leiche in die wirbelnde Tiefe des
Stromes.

Wohl wurden beide von vorüberfahrenden Schiffers-
leuten aufgefangen, aber jeder Wiederbelebungsversuch erwies sich als fruchtlos.

Das Schlößlein jedoch wurde von da ab das Schnei-
derschlößlein genannt und trägt diesen Namen bis auf den
heutigen Tag.

---

## Die Schlangeninsel.

Am Ausfluß der großen Mühl in die Donau erhob
sich das Schloß Neuhaus. Selbes war ein Eigen der Grafen von Schaumburg, die hier den Schiffszoll einzuheben
berechtiget waren. Dieses Zollrecht wurde oft schändlich
mißbraucht, insonders aber machten sich die Burggrafen,
welche im Namen ihrer Herren den Fluß beherrschten,
durch Erpressungen und Gewaltthaten furchtbar.

Um die Mitte des 14. Jahrhunderts wallete auf
Neuhaus ein Vogt, der an Härte und Grausamkeit all
seine Vorgänger übertraf. Er hatte als Handlungsgehilfe
zu Regensburg seinen eigenen Herrn und Meister derart
bestohlen und übervortheilt, daß er nur durch rasche Flucht
sich vor Schmach und Kerker zu retten vermochte.

Nur der Burggraf von Neuhaus gab dem verschmitz-
ten Gesellen Unterkunft und bediente sich seiner zur
Durchführung waghalsiger und unehrenhafter Unternehmungen.

Nach dem Tode des alten Burggrafen erhielt Wernhard Gneuß (also nannte sich der Abenteurer) den erle-

digten Posten und rechtfertigte das in seine Rücksichtslo-
sigkeit gesetzte gräfliche Vertrauen.

Eines Tages kam ein Schiff von Regensburg herab-
gefahren und versuchte zu landen.

Wernhard kam zuvor und zog das Fahrzeug mit eisernen Hacken ans Ufer.

„Ihr habt dem Zoll ausweichen wollen," fuhr der
Burggraf empor.

„Ich war im Begriffe dem Lande zuzufahren," entgegnete der Bootsführer.

„Ausflüchte, leere Ausflüchte, die Ladung ist verfallen!"

„Schändlicher!" brach der Kaufherr los, seinen einstigen Gehilfen erkennend. „Du scheinst das Maß Deiner
Frevel voll machen zu wollen!"

Die Schiffsleute setzten sich zur Wehre, wurden jedoch bewältigt, mit Stricken gebunden und auf die Burg
geschleppt!

Der empörte Kaufherr raffte sich jedoch zu einem
schauerlichen Fluche empor: „Räuber, den die Hölle ausge-
spieen! Schurke, den selbst die Schurken verachten! Nicht sterben sollst Du, wie ehrliche Leute sterben, sondern Stück für
Stück sollst du zu Grunde gehen! lebendig von Schlangen und
Nattern aufgefressen werden!"

Wernhard lachte und ließ sich in der Plünderung des
Schiffes, das mit feiner Leinwand befrachtet war, nicht
irre machen. Der Kaufherr, welcher sein gesammtes Ver-

mögen verloren hatte, wurde aber sammt den Knechten so lange gefangen gehalten, bis sich die Stadt Regensburg zum Erlag eines Lösegeldes von 40 Pfund Pfennigen bequemte.

Wernhard ließ sofort auf einer Insel unterhalb Neuhaus einen Wartthurm bauen zur leichteren Ueberschau des Stromes. Dieser Thurm ward einem Knappen, Namens Walter überantwortet, der es seinem Meister an Bosheit und Grausamkeit gleichzuthun, redlich beflissen war.

Mittlerweile gelangten die Klagen über die schändlichen Erpressungen der Schaumburgschen Burggrafen bis an den österreichischeu Herzogsthron. Albrecht der Weise setzte sich mit dem Kaiser Ludwig IV., der als Herzog von Baiern gleichfalls Grund genug hatte, dem Schaumburger gram zu sein, ins Einvernehmen, um der zügellosen Willkür Schranken zu setzen.

Wernhard, fürchtend, daß der Graf seines Dieners wegen es nicht leicht auf einen offenen Bruch mit der Landes- und Reichshoheit ankommen lassen werde, flüchtete sich auf die Insel, deren Spähthurm ihn als Baumeister pries.

Am folgenden Tage fuhr Walter nach Neuhaus, um sich und seinen Gast mit Speisen zu versorgen. Wundersame Reden klangen an sein Ohr, die Dienstleute des Schlosses flüsterten sich im Vertrauen zu, daß Gneuß

3

dem Strafgerichte des Herzogs werde überantwortet werden. Schadenfreude zuckte aus jedem Angesichte, und manche, die bis nun sich schweigend gefügt hatten, frohlockten bereits laut und ohne Scheu über des verhaßten Burggrafen Fall.

Walter lenkte sein Schifflein zur Insel zurück. Als er sich dem Thurme näherte, fand er das Thor weit geöffnet und den Burggrafen auf dem Boden liegen. Ein Heer von Schlangen umwimmelte den Leichnam; durch Haupt und Brust und Unterleib hatte das scheußliche Gethier sich hindurch gebohrt.

Schaudernd versuchte der Knappe zu entfliehen, stieß sich jedoch an einen Stein und brach zusammen. Leute von Neuhaus, die in einem Nachen vorüberfuhren, wurden des entsetzlichen Schauspiels Zeugen. Vergebens rang Walter sich empor — die Schlangen hatten ihn ereilt. Stöhnend und seufzend endete er, wie der Burggraf geendet hatte.

Die Insel aber wurde von jener Zeit die Schlangeninsel genannt und behielt diesen Namen bis in die neueste Zeit.

## Der Geiger von Efferding.

Viel hatte Heinz schon unternommen, aber nichts
mochte gelingen. Fruchtlos erwies sich sein redlichstes Streben. Endlich griff er zur Geige und wanderte als Spiel-
mann von Stadt zu Stadt, von Dorf zu Dorf. Oft
hatte er nicht einen Bissen Brot; dennoch fidelte er so
lustig und unverdrossen, als erginge er sich im Rosengar-
ten des Glückes. Mochte kein Pfennig in der Tasche wellen, im Herzen lebte ein frischer, freudiger Muth.

So waren Jahre um Jahre vergangen. Bereits be-
gannen sich die Haare seines Hauptes zu bleichen. Die
Geige unterm Arm schritt er dem Gehöfte entgegen, wo
zu Lied und Tanz die Saiten klingen sollten. Scharf
wehte der Wind über die Stoppelfelder und unter den
Füßen des Wanderers krachten die gelben Blätter.

Heinz blickte düster drein. Ein banges Grauen, wie
er nie gefühlt, zog durch die tiefen Schachte seiner Brust.

Mahnten ihn des Sommers letzte Scheidegrüße, daß
auch sein Leben sich zum Untergange senke? Mahnten
ihn die sterbenden Blumen, daß das Glück ihm nie ge-
blüht?

Unwillig zog er den fadenscheinigen Mantel fester
um seine Schulter und drückte den morschen Hut tiefer
ins Angesicht.

3 *

„Warum so mürrisch, lieber Heinz?" rief plötzlich eine seltsam tönende Stimme.

Heinz blickte um sich und gewahrte zwei Männer.

Dunkel wie die Nacht waren beide gekleidet und bleich waren ihre Angesichter. Der, welcher gesprochen, trug eine rothe Feder auf seinem Baret, die wie Wetterleuchten auf und nieder schwankte.

„Was wollt Ihr?" fragte Heinz.

„Ich will Dir helfen, blöder Geiger;" lautete die Entgegnung, „hast von den Wonnen des Lebens nur geträumt! Hast nie getrunken aus dem Becher der Lust!"

„Wer seid Ihr?"

„Was kann Dich das kümmern — genug — ich habe die Macht und den Willen, zu helfen!"

Heinzens Seele wogte im Aufruhr.

„Ich will Dir einen Schatz weisen — folge mir!"

Heinz vermochte nicht zu widerstreben. Man stand vor der Mühle.

„Nur nicht zittern, blöder Geiger — rasch über die Mauer — mir nach — so recht — hier ruht ein Sack mit Geld, den der reiche Müller vergraben — dort lehnt eine Schaufel. — So — raffe Deine Kräfte zusammen und schleppe. — Es ist Nacht — kein Auge lauert — nun magst Du Dich des Lebens freuen — doch — Eines mußt Du Dir gefallen lassen — —"

„Was meint Ihr?" rief der vom Glanze des Me-
talls betäubte Geiger.

„Er, den Ihr als meinen Gefährten kennen gelernt,
wird fortan Euer Gefährte sein. — Zwar wird er nicht
immer so tiefes Schweigen beobachten, als in den gegenwärtigen Augenblicken — Er hat zuweilen seltsame
Launen —"

„Ich stehe ohnedieß allein auf der Erde. — Ein
Gefährte kann mir nur erwünscht sein — ich bins zufrieden."

„Mögest Du's bleiben," höhnte der Fremde und ver-
schwand.

Donner rollten; Blitze zischten. Wie ein Rasender
eilte Heinz von der Wucht des Goldes gebeugt auf der
öden Straße dahin. In der Entfernung weniger Schritte
folgte der mit dem Schatze zugleich erworbene Gefährte.

„Ich bin reich — nun will ich genießen," fuhr Heinz
auf, als die Räume seiner düsteren Stube ihn um-
schlossen.

„Wehe!" rief des Gefährten dumpfe Stimme.

„Ein sauberer Kumpan!" murrte Heinz. „Nach
einander habe ich Fragen gestellt und keine Antwort erhalten und nun läßt so ein Rabengekrächze sich hören. —
Doch ich bin reich, da läßt sich eine solche Gesellschaft
ertragen. — Ich will nun schlafen gehen!" —

„Schlaf — ich will wachen!"

Kaum hatte der Geiger seine Augen geschlossen, als eine eiskalte Hand ihm übers Antlitz fuhr und schaurige Worte erklangen.

„Zum Henker, wenn Ihr keiner Ruhe bedürft, so laßt doch andere ruhen!"

Der bleiche Gast achtete indeß nicht im Geringsten weder auf Mahnung noch Drohung.

Der Morgen dämmerte. Heinz kleidete sich an und musterte seinen Schatz.

„Nun will ich mir schöne Gewänder kaufen, will schöne Gemächer miethen — wenn ich nur dieses fatalen Genossen ledig wäre. — Da glotzt er mich an mit stieren, gläsernen Augen — nun — nun — Gewohnheit wird mir ihn gleichgiltig erscheinen lassen!"

Bald hatte der Geiger seinen Leib in Seide und Sammt gehüllt und wandelte in prächtigen Zimmern auf und nieder. Aber, er mochte was immer beginnen, der bleiche Gast wich nicht von seinen Fersen.

„Wie seid Ihr nur so plötzlich reich geworden Herr Heinz?" rief der alte Hornist Wolf.

„Mein Onkel war so vernünftig, seine Augen zu schließen und mich zum Erben seiner Habe zu bestimmen."

„Lüge nicht, feiger Dieb" rief der schwarze Genosse.

„Schweig" brüllte Heinz.

„Was ist Euch? — Eure Augen leuchten wie im Fieber" — bedeutete Wolf.

„Dieser unheimliche Mensch dahier." —

„Ich sehe Niemanden." —

„Nun" seufzte Heinz, sich ermannend, „so war's eine Aufwallung des Blutes — ich habe schon einige Nächte schlecht geschlafen."

Wolf empfahl sich.

„Freund, das geht nicht an — das duld' ich nicht!" wüthete Heinz gegen seinen Gefährten.

Dieser maß den Geiger mit seltenem Blick. „Kümmert Euch nicht um mich!"

Heinz besorgte ein glänzendes Mahl. Aber kaum hatte er sich an die Tafel gesetzt, so lehnte auch schon hinter ihm im Stuhle der blasse Gefährte. Und nicht müssiger Zuschauer blieb derselbe. Nein. Bald warf er Salz in die Speisen, bald warf er Pfeffer in den Wein. Heinz verlor seine Fassung und stürzte fort.

„Das muß ein Teufel gewesen sein, der mir zum Schatz verholfen — doch ich will auf Mittel sinnen, daß mir die bleiche Bestie nicht jedes Vergnügen von vornhinein verbittert. Will ihr, wenn sie starr und regungslos hinbrütet, Arme und Füße binden und die Thüren versperren."

Gesagt, gethan.

Jubelnd eilte er von dannen — jubelnd stürzte er

die Treppen des Meierhofs empor — jubelnd pochte er an Mirzas Kammer.

„Mädchen, ich bin reich — laß dich umarmen." —

„Was wollt Ihr? Ihr seht so bleich." —

„Das kommt schöne Mirza von dem Entzücken, welches durch meine Nerven strömt."

„Mir bangt vor Euch. —

„Laß dich umarmen — Mirza du bist arm — arm, wie ich selber vor kurzem gewesen — hier ist Gold — funkelndes Gold — Mirza — schöne Mirza." —

In dem Augenblicke fühlte sich Heinz von kräftiger Hand auf die Schulter geschlagen. Er fuhr zusammen. „Wütherich" stöhnte er „so vermögen Ketten und Riegel dich nicht zu zwingen!"

„Erbärmlicher Wüstling!" klang's von des schaurigen Mannes blassen Lippen.

„Um Gott — Ihr seid wahnsinnig!" rief Mirza und stürzte fort.

„Verfluchte Fratzengestalt," begann Heinz nach einer Pause, „du bist unerträglich!"

„Man hat dich früher aufmerksam gemacht — du erklärtest dich einverstanden." —

„Satan." —

„Der bin ich nicht."

„Wohlan" rief Heinz zu sich selbst „ich will das Geld der Hölle zurück geben, ich will fideln gehen —

ich will —" doch seine Augen fielen auf das gleißende Metall und die Seele war gebannt.

Rasend stürzte er sich vom Genuß zum Genuß ohne geringste Befriedigung zu finden. Fort und fort zischte des schaurigen Gesellen Hohn in seine Ohren, in seine Seele.

„Ich will zu beten versuchen" rief der im Innersten Zerknirschte, Vernichtete.

Doch vergebens war der Versuch, nicht gelang es ihm seine Gedanken und Gefühle nach dem Hohen, Heiligen, Ewigen zu lenken. Der bleiche Gefährte glotzte ihm unaufhörlich in's Antlitz und schlug eine fürchterliche Lache auf.

„Satan — wer bist du, wenn du nicht Satan bist? Entsetzlicher — ich habe dich schon so oft gefragt um deinen Namen und du bist ihn mir stets schuldig geblieben! — Wer bist du?"

„Ist dirs noch nicht kund geworden witziger Geselle?"

„Laß den Hohn — gib Bescheid!"

„Ich bin das s ch l e ch t e G e w i s s e n Freund und werde dich begleiten bis an's Ende deiner Tage!"

„Ha — so war das ein Satan, der den Schatz mich stehlen hieß."

„Möglich." —

„Nehmt das Geld zurück ihr finstern Mächte!"

„Meinst du noch über das verfügen zu können, was
du bereits vergeudet? Der Rest im Sacke ist wahrlich
eine Bagatelle."

„Fort von mir Scheusal."

„Ich bleibe bei dir bis an's Ende deiner Tage."

„Bleibst du — in der That — ich will sorgen,
daß dir die Zeit nicht lange wird. Will ein so verfluch-
tes Leben nicht weiter schleppen!"

Sprach's und stürzte hinaus gegen die Mühle. Ihm
nach folgte das s ch l e ch t e G e w i ſ ſ e n.

Wo der Bach am tiefsten und reißendsten, galt es
den Sprung der Verzweiflung.

Andern Tags, nächst der Mauer, unfern dem Orte
wo dereinst der Schatz gelegen, fanden Müllerbur-
schen den Leichnam des Geigers.

———

## Der Springerwirth.

Unfern von Efferding steht ein altes, stattliches
Schenkenhaus, das bis in die neueste Zeit herein zum
„Springerwirth" genannt wurde und nächst dem Wein-
zeiger aus Tannenreisig auch ein großes, bunt bemaltes
Schild dem Wandersmann entgegenstreckte. Die Haupt-
person der farbenreichen Tafel war ein in den Lüften

—  43  —

schwebender, seine Schellenkappe lustig schwingender Harlekin.

Das war vor Jahren an einem Sonntags-Nachmittage. Die Bauern saßen müd und schläfrig vor ihren Krügen und mochten die rechte Stimmung des Herzens nicht finden.

Da schmetterte plötzlich ein lustig Lied vom Zaune herüber und ein junger, stattlicher Bursche in der Tracht eines fahrenden Schülers trat in das Weichbild der Schenke.

„Heda, Herr Wirth, einen Humpen vom besten!"

„Mit Verlaub" frug der Wirth, nachdem er seines Auftrages sich entlediget hatte, „woher kommt Ihr des Weges?"

„Woher?" lachte der Fremde, „zunächst von Efferding — — meinen vollständigen Pilgrimszug Euch zu erzählen, wäre die Aufgabe von langen Tagen, sintemalen ich nie gradaus auf ein Ziel losgesteuert, sondern bald hiehin bald dorthin, bald links und bald rechts die Kreuz und die Quer dreingefahren bin."

„Treibt Ihr ein Handwerk?"

„Nein — ich fördere nur Kunstwerke zu Tage."

„Ihr seid also?"

„Doctor und Magister artium liberalium."

Die Bauern steckten ihre Köpfe zusammen.

„Ja wohl," fuhr der Fremde fort, „ich heiße Rothard — und bin ein Mann, der seines Gleichen sucht — habe bereits vor Königen und Fürsten, Hofrichtern und Prälaten das Lichtlein meines Geistes leuchten lassen —"

„Da solltet Ihr uns doch ein Pröbchen zum Besten geben."

„Bah — meintet Ihr, daß ich wie ein gemeiner Bajazzo mit dem Staunen eines verblüfften Publikums vorlieb nehme —"

„Wir wollen Euere Herablassung als Gnade betrachten," fiel der Meister vom Spund in's Wort.

„Nun denn, so mag es eine Wette gelten — ist's Euch genehm. — Ich springe höher, als Euer Haus —"

„Ihr springt höher als mein Haus — das mißt vom Sockel bis zum Giebel wohl seine 12 Klafter.

„Ich springe höher als Euer Haus —"

„Ohne alle Vorbereitung?"

„So wie ich hier gehe und stehe —"

„Dem widerspreche ich —"

„Ich schlug ja eben eine Wette vor — spring ich höher, so nenne ich das Haus mein Eigen — im Gegentheile verpflichte ich mich 50 Humpen von Euerer feinsten Sorte zu zahlen —"

„Topp" rief der Wirth — „bin's zufrieden, will derweilen die Fäßlein anstechen lassen."

Der Fremde lachte und schickte sich zum Sprunge

an. Die Bauern pflanzten sich im Kreise auf und blickten mit offenen Mäulern drein.

„Es gilt!" rief Rothard und schwang sich empor; jedoch betrug die Entfernung seiner Sohlen vom Boden kaum 15 Zoll."

„Ihr treibt Kurzweil," rief der Wirth. — „Doch müßt Ihr den Schwank büßen —"

„Kurzweil?! — Schwank?! — mit nichten — Ich habe behauptet, höher zu springen als Euer Haus — und bin wohl über die 15 Zoll hinaus gesprungen — nun mag Euer Haus springen — wenn es höher aufhupft, hab' ich die Wette verloren! Allons, alte Barrake!"

Das gab nun ein Höllengelächter.

„So war es nicht gemeint," donnerte der Wirth.

„Ich halte es so gemeint," entgegnete Rothard.

„Nimmermehr!"

„So mag das Gericht entscheiden."

„Sucht einen Vergleich anzubahnen, Meister Kellerwurm" beruhigte ein alter Bauer — „was auf dem gerichtlichen Wege zu Tage kommt, hab' ich erfahren!"

„Wohlan," rief Rothard, „bin kein hartköpfiger Bösewicht und biete meine Hand mit Freuden zur Versöhnung — habe das unstete Leben sattsam ausgekostet — will mal längere Zeit friedlich unter Einem Dache hausen — nehmt mich als Euern Gesellen an, Meister Wirth und ich denke, wir werden beide gut fahren."

Dem Wirth kam eine derartige Lösung des Zwistes höchst erwünscht.

Rothard erwies sich als kluger, tüchtiger Schaffner. Seine lustigen Einfälle und Schnurren übten einen wunderbaren Bann. Aus weiter Ferne strömten die Gäste nach dem einsamen Hofe und labten sich an des Meisters goldenen Tropfen und an des Gesellen witzigen Worten.

Einige Jahre darnach zog jedoch eine böse Seuche durchs Land und rief den lustigen Kauz vom Schauplatze seines Wirkens ab.

Der Wirth weinte dem Heimgegangenen viel aufrichtige Thränen nach. Um aber der dankbaren Erinnerung an den Gründer seines Glückes einen offenkundigen Ausdruck zu geben, ließ er den Fremdling als Schalksnarren im Momente des Sprunges malen und das Bild ober dem Thore an mächtiger Eisenstange befestigen.

So lautet das Märlein vom „Springerwirth."

————

## Der Zauberspiegel.

Vor einigen Jahrhunderten lebte in Linz ein ehrsamer Schneider, Peter Freisinger geheißen, der ein Söhnlein sein eigen nannte, das die gleichen Namen trug, und anlässig seiner Folgsamkeit und Gesittung allerorts gern gesehen war. Der junge Freisinger wandte sich jedoch nicht dem Handwerke seines Vaters zu, sondern trat in eines Goldschmieds Lehre. Um sich zu vervollkommnen, griff er zum Wanderstabe und zog nach Wälschlands Fluren. Endlich ließ er sich im stolzen Mailand nieder und fand bei einem berühmten Meister, der gleichfalls aus Deutschland eingewandert war, jedoch seinen Namen verändert hatte, gastliche Aufnahme.

Der Meister fand an dem Landsmann immer größeres Behagen und behandelte ihn schließlich, da er selbst weder Weib noch Kind besaß, gleich einem eigenen Sohne.

Eines Tages traf der Bruder der verstorbenen Meistersfrau auf Besuch im Hause ein. Es war ein betagter, kränklicher Herr, reich an Launen und abenteuerlichen Wünschen.

„Ich übergebe,“ rief der Goldschmied, „meinen Schwager Euerer Obhut, lieber Peter. Sorgt, wo möglich seinem überspannten Wesen gerecht zu werden, und denkt daß das, was Ihr ihm erweiset, auch mir erwiesen ist.“

Bald darauf verfiel der Alte einem tödtlichen Siechthum. Peter übte das Amt eines Wärters und Pflegers mit der größten Aufmerksamkeit und Selbstverläugnung. Endlich rückte das letzte Stündlein an.

„Habt Dank,“ rief der Sterbende, „für Eure Liebesdienste. Es erübrigt nur mehr, daß Ihr meinen Leichnam nach Christenbrauch badet, ankleidet und in den Sarg legt. Als Lohn dafür nehmt diesen Spiegel. So umscheinbar dies Kleinod ist, so kann es Euch doch manche Dienste leisten. Was Ihr immer zu sehen wünschet, wird aus dem Glase Euch entgegentreten! Bewahrt die Gabe wohl, und nun — gute Nacht —"

Peter Freisinger steckte den Spiegel zu sich und erfüllte den letzten Willen des Todten.

Als der Pflicht Genüge gethan war, galt es die Zauberspende zu erproben. Peter sprach den Wunsch aus, seine Eltern zu sehen und aus dem Spiegel blickte ihn sein Vater an. Der arme Meister lag im Todeskampfe. Ihm zur Seite stand die Mutter und hielt die geweihte Kerze in der Hand.

Ein Strom von Thränen brach aus den Augen des Jünglings.

Einige Tage darauf frug er den Spiegel wieder um Rath. Da lag auch seine Mutter auf der Bahre.

Dringende Geschäfte schufen Betäubung und milderten den Kummer.

Da legte sich auch der alte Goldschmied zu Bette, um nicht wieder aufzustehen.

Freisinger übte abermals in gewissenhaftester Weise das Amt eines Wärters und Pflegers. Dafür fand er sich aber auch im Testamente glänzend bedacht.

Nun begann er die Goldschmiedkunst auf eigene Faust zu betreiben und das Glück erwies sich seinen Unternehmungen hold.

„Will mir ein Weib heimführen," dachte Freisinger, und ging dahin und dorthin auf Brautschau. Oft schien sein Herz von Seligkeit zerspringen zu wollen und er meinte, die Perle aller Perlen gefunden zu haben. Frug er aber seinen Zauberspiegel, da gewahrte er den vermeintlichen Engel mit anderen Männern im vertraulichsten Gespräche begriffen, er sah die Angebetete wie eine Hyäne im eigenen Hause walten und fand die sittige Jungfrau als verschwenderische Modedame wieder.

Darüber vergingen Monden und Jahre. Oft segnete er den Spiegel, der ihn vor Uebereilungen warnte, oft fluchte er demselben, da er ihm den Wurm in allen Rosen zeigte.

Endlich faßte er den eisernen Entschluß, unbeweibt zu bleiben und einzig nur seiner Kunst und den Pflichten als Mensch überhaupt zu leben.

Da erhielt er von einem königlichen Hofe den Auftrag, einen werthvollen Schmuck aus seltensten Steinen zu fertigen.

Die Arbeit selbst erschien ihm als Kinderspiel, aber die gewünschten Steine beizuschaffen, war keine geringfügige Aufgabe. Er zog seinen Spiegel zu Rath. Der wies ein Kästchen von uralter Form in seltsamer Umgebung. Er unternahm Reisen nach Norden und Süden, ohne dem Schatz näher zu kommen. Nach manchen Irrfahrten gelangte er endlich nach Wien. Der Spiegel wies

4

ihm das Haus, in deſſen Kellern das Geheimniß ver-
ſchloſſen lag. Das Haus trug die Umſchrift: „zum blauen
Wolf." Freiſinger ſetzte ſich mit dem Eigner ins Einvernehmen und wirklich wurde der Schrank mit den Edel-
ſteinen zu Tage gefördert. Nach erfolgter Abfindung mit
dem Grundherrn ſchritt Freiſinger an die Vollendung
ſeines Meiſterwerkes und erntete reichlichen Lohn.

Mittlerweile hatte das dunkle Haar ſich zu ver-
bleichen begonnen. Freiſinger beſchloß das Geſchäft nieder-
zulegen und erwählte ſeinen Geburtsort, das freundliche
Linz zum Schauplatze ſeines ſinkenden Lebens.

Das gab nun viel zu reden, als der Sohn des armen Schneiders eines der größten Häuſer käuflich an ſich
brachte. Man rieth hin, man rieth her, und vermochte
den Schlüſſel des Räthſels nicht zu finden. Freiſinger be-
wohnte das ganze obere Stockwerk, hielt ſich aber zur Be-
dienung nur eine alte Magd. Auch trat er lange Zeit
hindurch mit keiner Seele in einen traulichen Verkehr.
Endlich ſchloß er ſich an einen einſtigen Schulkameraden
an, dem er das zerrüttete Anweſen aufrichten half. Von
da ab ſchien die finſtere Stirne ſich aufzuheitern. Peter
Freiſinger hatte nämlich ſeinen Spiegel befragt und der
hatte ihm die Treue und Aufrichtigkeit des alten Jugend-
freundes verbürgt. Nach und nach geſtaltete ſich auch das
Urtheil über den räthſelhaften Goldſchmied immer günſtiger.
Freiſinger bewährte ſich als ein großmüthiger Anwalt der

Armuth. Er widmete zur Hebung des Schulwesens, zum Aufbau von Spitälern und Versorgungshäusern namhafte Summen.

Als sein Sterbestündlein anbrach, gab er dem Freunde alles kund, was er von Beginn seines Wanderlebens an erfahren. „Nimm Du treue Seele,“ lauteten seine letzten Worte, „als Dein Eigen an, was nach Abschlag der von mir errichteten Stiftungen erübrigt. Du wirst ein sorgenloses Auskommen finden. Den Zauberspiegel aber habe ich vergraben, auf daß er nie wieder in den Besitz eines Erdenkindes gelange. Er war, so viel ich auch ihm zu verdanken habe, ein grauenhaftes Geschenk unheimlicher Mächte.“

———

## Die Uhr.

Vom armen Krämer hatte sich Wellrad zum reichen Kaufherrn emporgeschwungen. Doch auf den Höhen des Glückes blieb er stets seiner Vergangenheit gedenk, bewährte sich anspruchslos und bescheiden und bot Jeglichem gerne hülfreiche Hand. Auf all dem, was er erworben, haftete nicht der geringste Fluch, und die Art und Weise der Verwendung warb ihm aufrichtigste Segenswünsche zum Geleite.

4 *

Als die Tage seines Lebens sich zur Neige senkten, hieß er seinen Neffen kommen, welchen er als seinen Haupterben zu erklären gesonnen war.

Sanft lächelnd richtete er sich im Armstuhle empor: „Sei mir willkommen Conrad, bald werde ich von dieser Erde scheiden. Schon dunkelt es bereits vor meinen Augen und matter klopfen die Pulse. Ich habe Dich als guten Menschen befunden und erachte, daß Du Dich als weiser Verwalter meiner Glücksgüter bewähren wirst. Dennoch halte ich ein letztes, eindringliches Mahnungswort nicht überflüssig, weil ich nur allzu oft die Bemerkung zu machen in der Lage war, daß Reichthum auch treffliche Seelen, wenn sie sich sorglich zu bewachen außer Acht lassen, leichtlich auf Abwege zu führen vermag. Aendere mit Deinem Hauswesen nicht auch Dein Herz. Mein Testament ist dort im Pulte hinterlegt.

Der weit aus größte Theil meiner Habe fällt auf Dich. Ich erwarte, daß Du die angeführten Legate gewissenhaft vollstrecken wirst und übertrage Dir den Ausbau einiger Werke, über deren Vollendung mich der Tod überrascht.

Meine Mobilien will ich durchgehends an meine Dienerschaft vertheilt wissen, nur die alterthümliche Uhr welche über meinem Schreibtisch steht, nimm in Deine Obhut. Sie ist das Werk eines seit Jahren dahin geschiedenen Meisters unserer allehrwürdigen Stadt Linz,

dem ich aus großen Nöthen empor geholfen und der mir
dasselbe als Zeichen seines Dankes überreichte. — War
es Zufall — war es höhere Fügung — von jener Zeit
an gestaltete sich mein Glück beinahe märchenhaft. —
Was ich unternahm, gelang, ich wurde reicher und reicher.
— Rankte sich zuweilen ein böser Dämon um mein
Herz, so blickte ich auf die Uhr, ich besann mich, wie ich
in beschränkten Verhältnissen eines Menschen Wohlstand
gegründet, eines Geretteten Segen eingeerntet und fühlte
mich gemahnt, um so minder im Glücke den Geboten der
Milde und Wohlthätigkeit untreu zu werden.

Nimm die Uhr als Zugabe zu Deinem Erbe, halte
sie nicht geringfügig und bedenke, daß sie Deinem alten
Onkel ein werthvolles Kleinod gewesen."

Die letzten Worte waren mit großer Anstrengung
gesprochen. Ein tiefer, tiefer Athemzug erfolgte, das Haupt
des Greises sank zurück. Er war nicht mehr.

Feierliche Stille herrschte im Gemache. Nur die Uhr
holte zu sieben schauerlichen Schlägen aus.

Conrad trat seine Erbschaft an.

Er besorgte die letztwilligen Anordnungen des Ver-
blichenen zwar pünktlich, aber nicht sowohl, weil er den
Willen des Onkels ehrte, als vielmehr, weil er aller
Sorgen und Verpflichtungen enthoben zu sein wünschte.

Der Besitz blendete ihn mehr und mehr. Die ernste
Mahnung des Heimgegangenen verklang in seinem Ge-

müthe und bald fand sich mit dem Hauswesen auch sein Herz verändert. Er sann auf Genuß und Pracht. Nicht galt es ihm, Glück in Begründung fremden Glückes zu suchen. Ein Jahr war vorübergegangen. Seine Wange war bleich, seine Brust öde geworden.

Die Uhr hatte er wohl in seinem Arbeitszimmer aufgestellt, allein sie aufzuziehen, war ihm nicht beigefallen. Was sollte ihm auch das alterthümliche mit der neuen Geschmacksrichtung nicht im Einklang stehende Werk?

Mit sich zerfallen, saß er eines Abends im Lehnstuhl, da ward gepocht. Ein Weib trat ein. Es war das Weib eines Pächters auf einem der Wellrab'schen Güter.

„Erbarmen, gnädiger Herr!" stammelte die Eingetretene. „Unglück auf Unglück hat unser Haus betroffen. Wir sind unvermögend gegenwärtig den Pacht zu zahlen — eine Pfändung vernichtet uns völlig — —"

„Ich kann und will dem Leichtsinn nicht die Stange halten.—" fuhr Conrad auf.

„Leichtsinn!" seufzte das Weib — „mein Mann war mondenlang krank — zwei Kinder starben — der Hagel hat die Saaten hingeschmettert — Erbarmen!"

„Ich bin nicht gewillt, solchem Gewinsel —"

„O gnädiger Herr — wir wollen ja zahlen — redlich zahlen — nur um Aufschub flehen wir!"

„Man wende sich an meinen Verwalter."

„Der beruft sich auf Eurer Gnaden strenge Wei-
sungen —"

„Ich habe nicht Zeit."

„O lassen Sie uns nicht der Verzweiflung unter-
liegen!"

„Fort!" rief Conrad und stampfte den Boden.

Das Weib brach ohnmächtig zusammen. Ein Blut-
strom quoll aus ihrem Munde.

Den Grundherrn überlief ein kalter Schauer. Er
wollte sprechen, doch das Wort versagte.

Todtenstille herrschte im Gemache. —

Da rasselte es urplötzlich und die Uhr des Onkels
holte zu sieben schauerlichen Schlägen aus.

Conrad verhüllte mit beiden Händen sein Antlitz.
Des Onkels Worte schlugen an sein Ohr — vor seinem
Geiste schwebte das Bild des Greises.

„Deine Schuld ist erlassen!" fuhr er auf, alle
Kraft zusammenraffend, „und eine reiche Unterstützung sei
Euch gewährt. — Steh' auf — ich bin kein Satan!"

Das Weib erhob sich nicht wieder — es hatte ver-
endet — — der Pächter und seine Familie wurden mit
großartiger Schenkung bedacht.

Nie vermochte jedoch Conrad den quälenden Gedanken, daß durch seine Härte der Tod eines Menschen
verschuldet worden sei, zu bannen.

Mit heiliger Scheu weilte er vor der geheimnißvollen

Uhr; nun fann er fie zu betreuen, aber weder feinen, noch den Bemühungen von Kunftverftändigen mochte es gelingen, das Werk wieder in Bewegung zu fetzen.

Jahre um Jahre zogen fort. Conrad's einziges Streben ging dahin, ein Wohlthäter der Menfchheit zu fein. Blühten auch die verwelkten Rofen der Wangen nicht wieder auf, fo leuchtete doch zuweilen auf der bleichen Stirne ein matter Freudenfchimmer, wenn er Thränen der Wonne, fo durch ihn gefchaffen waren, in fremden Augen funkeln fah.

Schon war das Haupt ihm weiß wie Schnee geworden. Die herbftliche Abendfonne warf ihre letzten Strahlen in's Gemach.

Tief ermattet ruhte er im Armftuhl und blickte nach der Uhr. Er laufchte — es überkam ihn wie leifes, füßes Träumen — das Werk begänn fich zu regen, der Zeiger fchritt vorwärts. —

Mit letzter Kraft langte der Greis nach dem Glockenzuge — die Diener traten ein — Todtenftille — — die Uhr fchlug feierlich fieben — — der Neffe war dem Onkel nachgefolgt.

Teftamentarifcher Anordnung zu Folge fiel fein Vermögen einem Hofpitale barmherziger Brüder zu.

Dort findet fich auch heute noch — ein Kleinod der Schatzkammer — die wunderbare Uhr.

# Der schwarze Mönch.

Unterhalb des Strudels, mitten im Strome hob, von Granitblöcken getragen, sich die Veste Werfenstein empor. Unfern von ihr stand auf einem die Wasser überragenden Felsen ein unheimlicher Thurm. In diesen Mauern hauste der schwarze Mönch, den die Sage zur Strafe für ein gottloses Erdenwallen keinen Frieden finden ließ. Seine Erscheinung galt ein unheilvolles Zeichen.

Einst fuhr Kaiser Heinrich II. mit mehreren hochedlen Herren, worunter auch Bischof Bruno von Würzburg sich befand, am Werfensteine vorüber. Da zogen schwere schwarze Wolken empor, und die Schlange des Blitzes ringelte sich auf den Fluten dahin.

„Um Gott, Herr Kaiser“ rief der Bischof auf, „und seht Ihr dort auf den Zinnen des Thurmes die riesige, schwarze, drohende Gestalt?“

„Ich sehe nur Moos und Stein.“

„Und hört Ihr nicht das faltige Gewand rauschen?“

„Der Sturmwind heult, der Donner kracht.“

„Jetzt steigt der Entsetzliche hinab, doch im Blick funkelt tödtliche Rache!

„Das Wetter scheint Euch aufgeregt zu haben, Hochwürden!“

Endlich landete man in Persenbeug.

„Das war eine prachtvolle Fahrt — die Natur ist auch schön, wenn sie grollt," sprach lächelnd der Kaiser.

Der Bischof zitterte wie Espenlaub und fand kein Wort der Entgegnung.

Gräfin Richlita von Ebersberg bot Alles auf, ihren hohen Gästen einen festlichen Empfang zu bereiten.

„Da ist er schon wieder der Furchtbare," ächzte der Kirchenfürst, „er langt nach mir —"

„Euch steht ein böses Fieber bevor," sprach Heinrich, sein Haupt schüttelnd.

„Zurück! zurück!" schrie Bruno, raffte sich vom Stuhle auf, stürzte nach dem Erker und vom Erker hinab in die Donau.

An dem Fenster vorüber schwebte aber eine schwarze schattenhafte, riesige Gestalt und schlug eine fürchterliche Lache auf.

Diesmal meinte auch der Kaiser mehr als Wolken gesehen, mehr als Sturmessausen vernommen zu haben.

Zur Zeit der Kreuzzüge fuhr einst ein mit Thüringern bemanntes Schiff den Strom hinab. Da zeigte sich der gespenstige Mönch und verzog sein kreideblasses Angesicht zu einem schadenfrohen Grinsen. Bald trieb das Fahrzeug dem Felsen zu und scheiterte. Von allen Kriegs- und Schiffsleuten vermochte nur ein Einziger mit Hilfe eines Balkens sich zu retten.

Später schlug einmal das Gespenst mit einer Ruthe in die Luft hinein. Das währte nicht lange und ein furchtbares Hagelwetter zerschlug Wälder und Saaten und Hütten.

Zu anderer Zeit folgte der Erscheinung des Mönches eine Ueberschwemmung, wie nie vordem eine gewesen und hoffentlich nie wieder eine eintreffen wird.

Auch Feuersbrünste, denen die blühendsten Ortschaften und Städte zum Opfer fielen, rief der Entsetzliche ins Land.

Zum letzten Male soll auf den verhängnißvollen Zinnen des Thurmes der schwarze Mönch gesehen worden sein, als die Türken Wien bedrohten.

Er schlug mit einem Schwerte um sich, als gälte es einen grimmigen Feind zu bekämpfen.

Darnach wurde der Thurm abgebrochen und sein Gestein zu Verschanzungen gegen die Barbaren verwendet.

Mag aber auch der Unhold dem Blicke unsichtbar geworden sein, in der Sage lebt er fort und wundergläubige Leute schlagen noch heute ein Kreuz, wenn sie der unheimlichen Stelle ansichtig werden.

## Schreckenwalds Rosengärtlein auf Aggstein.

Unterhalb Melk auf hohem, von der Donau fast unzugänglichen Felsen liegt Aggstein, ein noch in seinem Verfalle großartiges Schloß. Trotzig und kühn heben sich die Mauern empor, Zeugniß gebend von der bis zur heillosen Verwilderung entarteten Kraft verrauschter Jahrhunderte. Ueber drei Brücken und durch drei Thore führen die Pfade in den innern Bau. In die eigentliche, von starken Wehrthürmen geschützte Burg konnte man nur mittelst steiler Leitern gelangen, wenn man es nicht vorzog, sich auf Knebeln emporwinden zu lassen.

Als Erbauer wird Albert von Kuenring genannt. Nach dem Erlöschen dieses berühmten und berüchtigten Geschlechtes ging Aggstein in den Besitz der steirischen Herren von Sched über.

Die Wirren der Zeit benützend und auf die Unüberwindlichkeit seines Felsenhorstes bauend, machte Georg von Sched als Räuber und Mörder sich auf Meilen im Umkreise furchtbar. Er pflegte sich selbst den Sched vom Walde zu nennen, das Volk aber bezeichnete ihn als „Schrec vom Walde," „Schreckimwald" und „Schreckenwald." Und er erwies sich dieses Namens würdig.

Kein Schiff fuhr ohne Gefährde die Donau hinab; kein Kaufmann mochte sorglos auf der Landstraße ziehen;

Klöster und Burgen, Dörfer und Städte wurden von ihm gebrandschatzt und geplündert, und nicht mit dem Raub allein gab er sich zufrieden. Die Gefangenen wurden in das Raubnest geschleppt und einem qualvollen Tode überliefert.

Am Rande des Felsens, dort wo er sich am steilsten hinabsenkt, war eine steinerne Platte angebracht, auf welche man durch ein eisernes Gitter gelangte. Durch dieses Gitter wurden die Gefangenen hinausgestoßen und ihnen die Wahl zwischen dem Hungertode und dem Verzweiflungs-sprunge in den Abgrund offen gelassen.

Diese Platte nannte „Schreckenwald" sein Rosen-gärtlein.

Einst war ein junger Ritter, Namens Hugo von Buchwald, ihm in die Hände gefallen. Der sollte die ver-hängnißvollen Reize des Rosengärtleins erfahren. Da stand er auf der Platte, deren Gitter sich hinter ihm verschlossen hatte und blickte hinab in die schwindelerregende Tiefe. Plötzlich zeigte sich ihm eine kurzstämmige, fast horizontal aus einer Felsenspalte hervortretende Tanne, und der Dämon der Verzweiflung wich dem tröstenden Engel der Hoffnung.

Als mit Anbruch des neuen Tages der Schrecken-wald mit seinen Spießgesellen von dannen zog, rüstete sich Hugo zum gefahrvollen Sprunge. Dem Herrn des

Schicksal den Erfolg überlassend, ließ er sich in der Richtung des Baumes hinab und erfaßte glücklich den schwankenden Stamm, nun galt es einen neuen Sprung auf einen vorgeschobenen Felsblock. Von da ab wurde durch zähes Gestrüppe, das die Stelle eines Seiles vertreten mußte, die weitere Reise ermöglicht. Endlich erübrigte als letztes Wagniß der Sturz in die Krone eines mächtigen Ahornbaumes, der da bereits im Thalgrunde fußte.

Obwohl todesmüde und aus unzähligen Wunden blutend, hatte Hugo von Buchwald die Schreckniffe des Rosengärtleins überwunden. Nachdem er sich durch einen Trunk aus lustig vorübersprudelnder Quelle gelabt und dankend sein Gemüth zu Gott erhoben, raffte er sich auf, wanderte von Burg zu Burg, erzählte sein furchtbares Abenteuer und forderte zum Rachezuge gegen den vermessenen Räuber auf. Die unfreiwillig erworbene Kenntniß von dem Gebahren des Schloßherrn, von der Lage der Burg und ihrer Umgebung leistete vortreffliche Dienste.

Als Scheck vom Walde eines Abends von einem Raubzuge heimkehrte, wurde er von den ihm auflauernden verbündeten Rittern überfallen, gefangen genommen und an einem Tannenbaum aufgehängt.

Der letzte Scheck vom Walde nannte sich ebenfalls Georg und ahmte seinen Ahnherrn würdig nach. Er sperrte mit einer großen eisernen Kette den Strom und plünderte die Schiffe nach Herzenslust aus. Seine Gewaltschaaren lagerten auf Straßen und Brücken und in den Kerkern des Schlosses seufzten Ritter und Bauern.

Natürlich kam endlich auch gegen ihn ein Rache-bündniß zu Stande. Konrad von Starhemberg überrum-pelte Aggstein während der Abwesenheit seines Besitzers und dieser selbst wurde in einer förmlichen Schlacht von einem Ritter von Graveneck aufs Haupt geschlagen.

In der Tracht eines Bauers entrann der Ver-fehmte, nachdem fast all' seine Leute gefallen waren, den Schwertern der Feinde und fand in den Hallen eines Klosters ein schirmend Asyl. Ehe jedoch ein Jahr ab-geschlossen hatte, sahen sich die Mönche gezwungen dem ränkevollen und gefährlichen Ritter die Gastfreundschaft zu künden.

Nach längerer Wanderung durch unwirthliche Gegen-den legte sich der letzte Scheck vom Walde in einer ein-samen verfallenen Waldhütte, erschöpft von Mühsal und Hunger, zum Sterben nieder.

Man zählte das Jahr 1467 nach Christi Geburt.

## Dürrenstein.

Das Resultat zweier Kreuzzüge, die romantische Schöpfung ritterlich frommen Gebahrens, das Königreich Jerusalem war zusammengebrochen und die heilige Stadt (1187) in die Hände der Muhamedaner gefallen. Gleich einem Blitze schlug die Kunde des Ereignisses in die Abendlande ein. Durch Worte und Sendboten rief Papst Klemens III. zur Wiedereroberung auf, der alte Kaiser Friedrich Barbarossa beschied im Frühjahre 1188 eine große Versammlung nach Mainz und nahm sammt seinem Sohne Friedrich von Schwaben und vielen deutschen Fürsten und Edlen das Kreuz. Zur Osterzeit 1189 fand von Regensburg aus der Aufbruch statt und Barbarossa fuhr mit seinen Schaaren die Donau hinab nach Wien, wo einige Zeit gerastet, die Entsendung der von allen Seiten anrudernden Verstärkungen verfügt und eine allgemeine Musterung abgehalten wurde.

Leopold VI. von Oesterreich, zubenannt der Tugendhafte, der bereits 1181 auf eigene Faust mit seinem Bruder Heinrich von Möbling eine Kreuzfahrt unternommen hatte, vermochte nicht allsogleich sich dem Zuge anzuschließen, da es das neu erworbene Herzogthum Steier gegen Bela von Ungarn zu vertheidigen galt, gelobte jedoch so rasch als möglich nachzufolgen.

Auch die Könige von England und Frankreich rüsteten
sich zur Fahrt und beschlossen, der erstere über Marseille,
der letztere über Genua nach dem Morgenlande zu
wallen.

Mit ungefähr 30000 Rittern und 90000 Streitern
zu Fuß, nachdem er Thrazien und Mazedonien mit Waffen-
gewalt zur Beischaffung der erforderlichen Lebensmittel
gezwungen hatte, betrat Kaiser Friedrich I. den asiatischen
Boden, eroberte nach zwei glücklichen Schlachten Ikonium,
fand aber durch ein Bad in den Fluten des Saleph sein
Ende. Sultan Saladin, der bereits zu gütlichem Vergleich
sich bereit erklärt hatte, griff auf's Neue zu den Waffen.
Wohl übernahm des Kaisers Sohn Friedrich von Schwaben
den Oberbefehl über das christliche Heer und zog nachdem
er seinen Vater zu Antiochia begraben, vor Ptolomais.
Eine furchtbare Seuche kam jedoch über die Kreuzschaaren,
und raffte auch den jugendlichen Führer, nachdem er noch
den deutschen Ritterorden gegründet, dahin.

Schon nach dem Tode des greisen Heldenkaisers hatte
ein großer Theil von Edlen und Mannen die Heimfahrt
angetreten, nun, nachdem auch Barbarossas Sohn das
Zeitliche gesegnet hatte, riß völlige Zuchtlosigkeit und
Verzweiflung ein.

Nach manchen Abenteuern trafen König Richard von
England und Philipp II. von Frankreich mit ihren Heer-

5

schaaren in Palästina an und brachten Einigung und Muth in die zersplitterten Schaaren.

Richard, dem der Ruf unbändiger Tapferkeit voran-geeilt war, ergriff den Oberbefehl über sämmtliche Kreuz-fahrer, entzweite sich jedoch bald darnach mit dem Könige von Frankreich, lockerte hiedurch das kaum geschlungene Band des gemeinsamen Wirkens, und schwächte den Erfolg der Unternehmungen. Endlich traf Herzog Leupold von Oesterreich mit seinen Herren und Rittern und einer be-deutsamen Reisigen-Schaar im gelobten Lande ein.

Nach wiederholten Stürmen fiel endlich Ptolomais 1191. Leupold und sein Bruder Heinrich hatten aber mit ihren Deutschen als die Ersten Aklons Zimmer er-stiegen und das österreichische Banner aufgepflanzt. Richard, von Eifersucht verblendet, riß diese Fahne herab und trat sie mit Füßen. Auf des Frankenkönigs Vermittlung, der selbst erst kürzlich sich mit Richard ausgesöhnt hatte, wurde zwar einem Kampfe zwischen den Fürsten begegnet, allein die Flammen glimmten unter der Asche fort. Leupold konnte so argen Hohn, so bittre Schmach nicht vergessen und Richard als Oberfeldherr nützte jede Gelegenheit, den Mann, der ihn an kriegerischen Erfolgen überboten hatte, zu kränken.

Mit dem Schwure auf den Lippen, die Unbill sobald es möglich zu rächen, da auf dem heiligen Boden ein

Kampf zwischen Kreuzgenossen nicht stattfinden durfte, kehrten die herzoglichen Brüder nach Oesterreich zurück.

Diesem Beispiele folgte in Bälde König Philipp.

Richard Löwenherz, dessen Tollkühnheit alle Begriffe überbot, dem jedoch zum eigentlichen Helden die beiden ersten Bedingungen, Edelsinn und Selbstbeherrschung, fehlten, setzte den Krieg gegen den in jeder Beziehung höher stehenden Saladin erfolgreich fort und schlug bei Askalon zwei siegreiche Schlachten.

Plötzlich überkam auch ihn die Sehnsucht nach der Heimat und ohne Rücksicht auf alle Verpflichtungen, die er mit dem Oberbefehle übernommen hatte, entfloh er mit der Hast eines Geächteten aus dem gelobten Lande.

Bald sollte er erfahren, welche schlimmen Früchte sein rohes, rücksichtsloses Heldenthum getragen habe. Allerorts lauerten Späher auf den königlichen Reisenden. Kaiser Heinrich VI., Barbarossa's Sohn, der Siziliens Verlust auf Richards Rechnung schrieb, hatte allen Reichsfürsten aufgeboten, den Flüchtling zu ergreifen.

Um zu seinem Schwager, dem Herzog Heinrich dem Löwen zu gelangen, nahm Richard seinen Weg durch Oesterreich.

Unfern von Wien, in dem damaligen Dorfe Erbberg, wurde er jedoch, nachdem er sich durch einen kostbaren Ring verrathen hatte (1192), gefangen genommen und von Leupold den Brüdern von Kuenring zur Ver-

5 *

wahrung übergeben. Diese führten ihn nach dem Felsen-
schlosse Dürrenstein.

Hier fand der Sage nach, der dem König in rüh-
render Treue ergebene Harfner Blondel nach langer Irrfahrt seinen verschollenen Herrn. Der gute Meister war
von Burg zu Burg gezogen und hatte allerorts ein dem
Fürsten wohlbekanntes Lied angestimmt, aber vergebens
auf das Absingen der Gegenstrophen gewartet. Vom
Dürrenstein herab fiel aber des Königs Stimme in den
Klang der Saiten ein. Blondel fand Gelegenheit, den
Gebieter zu sprechen, und eilte mit der frohen Mähre
nach dem Brittenlande, durch Wort und Harfenspiel zur
Auslösung des hohen Gefangenen auffordernd.

Mit der Haft auf Dürrenstein war aber Richards
Buße nicht vollendet. Leupold lieferte gegen eine Summe
Geldes den König an den deutschen Kaiser aus. Dieser
erwies sich gegen seinen Feind um vieles ungroßmüthiger
als Leupold sich erwiesen hatte. Richard wurde vorerst zu
Mainz, später zu Worms und endlich zu Trifels in
hartem Gewahrsam gehalten und erhielt erst nach 15
Monaten (1194), gegen ein Lösegeld von 150.000 Mark
die Freiheit wieder.

Leider vermochten alle Erfahrungen und Leiden den
leidenschaftlichen König nicht zur Umkehr auf den Pfad
des Besseren zu bestimmen. Er blieb der gewaltthätige
Brausekopf, der er gewesen, brandschatzte das Land und

stürzte von Fehlern zu Fehlern, so daß ihm, als er 1199 bei Erstürmung des Schlosses Choul verendete, der allgemeine Fluch des Volkes das Grabgeleite gab.

Leupold war bereits zu Graz unter Vorbereitungen zu einer neuen Kreuzfahrt 1194 in Folge eines Beinbruches verstorben.

## Mutter und Tochter.

Tief im Waldesgrunde am linken Ufer der Donau stand vor vielen vielen Jahren eine einsame Mühle. Weit ab von den Bezirken der Geselligkeit mußten die Bewohner des Gehöftes allen Frohsinn in sich selber suchen, denn zog schon der Sommer ärmer an Reiz und Segen als anderwärts durch den finsteren Forst, so lastete doch der Winter gar über die Maßen trostlos hart und andauernd über dem Weichbilde der Mühle. Dennoch wars, so lange der Hausherr — der Müller - gelebt, noch hingegangen, seitdem aber dieser seine Augen geschlossen, hatte der Geist des Friedens dem Geist der Trauer weichen müssen. Ein schweres Siechthum band die Müllerin ans Krankenlager, und schien es auch manchmal wie Lebenswonne durch die Brust des zwölfjährigen Töchterleins zu ziehen, der Hinblick auf die leidende Mutter duldete nicht das Lächeln der Heiterkeit in der Mühle.

Mariechens Herz verbitterte jedoch darüber nicht; im
Gegentheile das Mitdulden mit der kranken Mutter machte
den Sinn des sanften Mädchens noch weicher und die
aufopferude Hingebung am Krankenbette lieh der Erscheinung des schönen Kindes einen erhöhten Zauber. Die
beiden rauhen Knechte gaben den Wünschen Mariechens
fast rascher und unbedingter Folge, als sie dereinst den
harten Befehlen des seligen Müllers Folge geleistet
hatten.

Trotz aller Pflege und Fürsorge milderte sich jedoch
das Gebreste der Mutter nicht. Endlich ward ein berühm-
ter Arzt, der aus fernen Landen in der einige Meilen
fernen Stadt eingetroffen war, um Rath gefragt. Der
Mann der Wissenschaft erklärte, daß nur durch den Ge-
brauch gewisser Kräuter, die von Mariechen im Voll-
mondscheine zur bestimmten Stunde an gewissen Stellen
gepflückt werden müßten, Genesung anzubahnen möglich sei.

Mariechen prüfte und erwog nicht lange. Kurze Zeit
vor Mitternacht, als der Mond im vollsten Glanze
schimmerte, rüstete sich die Dirne zum Gang in den Wald.
Hügel auf, Hügel nieder, durch Klüfte und Schründe,
unbekümmert um Distel und Dornen zog sie fort bis sie
an eine Lichtung, wie sie geschildert worden war, gelangte.
Alle Zeichen trafen zu, nur die Kräuter mit ihren eigen-
thümlichen Blättern und Blüten wollten sich nicht finden

lassen. Schon drohte ein Gefühl der Trostlosigkeit und Berzweiflung des Mädchens Meister zu werden, als plötzlich ein Greis aus den Tannen trat, gehüllt in einen weißen Talar, umwallt von weißem Bart, einen Bund von silbernen Schlüsseln im Gürtel. Entsetzt wankte Marie zurück, aber das milde freundliche Antlitz des Alten, welches der Mond mit seinem blassen Lichte verklärte, flößte ihr neuen Muth ein.

„Was suchst Du, mein Kind, au dieser einsamen Stätte, zu dieser Stunde?"

„Wunderkräuter für meine arme Mutter, die schon seit Jahren an einem bösen Siechthum niederliegt."

„Komm mit, mein Kind, was Du suchst, soll Dir werden — will in einen Garten Dich führen, wo der seltensten, segenbringendsten Pflanzen eine Fülle sich bietet — wenige Schritte und wir stehen am Eingange — fasse Bertrauen und folge —"

So milde, so herzgewinnend waren die Worte der edlen Mannesgestalt, daß im Herzen Mariechens jedes Bedenken verstummte.

Bor einer niederen, in Felsen verborgenen, von Farrenkraut und riesigen Glocken überwucherten, durch eine seltsame Ampel beleuchteten Eisenpforte hielt man an. Der Greis langte nach einem Schlüssel. Die Angeln klirrten und durch einen engen, langen Stollengang ging es vorwärts. Endlich erweiterte sich das Gewölbe und eine

wunderbare Landschaft that sich auf. Es war kein Sonnenlicht, das sich über die Baumgruppen, Wiesen und Wasser-
fälle ergoß — ein milder, magischer Schein ließ die Gegen-
stände in einer gewissen, dämmerhaften Unsicherheit hervor-
treten, aber eben in dieser nebelhaften Verschwommenheit
lag ein unendlicher Zauber. Reicher und kräftiger ent-
falteten sich die Anlagen. Blumen und Früchte von riesiger
Größe, reizendster Gestaltung und blendendster Farben-
pracht funkelten und blitzten aus dem smaragdenen Grün
des Grases und Blätterwuchses; Springbrunnen schleuderten ihre silberreinen Wellen hoch auf in die theils blaue,
theils rosige Luft.

Plötzlich stand vor den Blicken ein gewaltiges, von
schlanken Säulen getragenes Schloß. Unfähig zum geringsten Widerstreben, von den räthselhaften Erscheinungen
übermannt, folgte Mariechen ihrem Führer die marmornen
Treppen hinan. Durch luftige Hallen ging der Pfad in
einen wunderbaren kaum mit dem Auge zu beherrschenden
Saal. Auf leuchtendem Throne saß eine leuchtende Frau,
eine Krone von Diamanten in den blonden Locken, einen
goldenen Stab in der rechten Hand. Zu beiden Seiten
des Thrones lagerten wunderschöne Jungfrauen und seltsame kaum spannhohe Männlein mit grauen Bärten,
rothen und blauen Wämsern, gelben Schürzen und zierlich
funkelnden Werkzeugen, tummelten lustig auf und nieder.

„Nun trag' unserer Fürstin Dein Anliegen vor, Mariechen," rief der bleiche Pförtner.

Und Mariechen, durch die freundlichen Worte des Begleiters nicht minder, als durch die Anmuth und Lieblichkeit der Gebieterin beruhigt und ermuntert, erzählte der aufmerksam Horchenden von der einsamen Mühle, dem Leiden der Mutter und bat endlich um Ausfolgung der von dem berühmten Doktor bezeichneten und ringsum im Gebirge nicht auffindbaren Kräuter.

Die Frau mit der Krone lächelte. „Es mag wohl das vereinsamte Wohnen in der öden Mühle und die unbefriedigte Sehnsucht nach geselligen Kreisen zumeist Schuld tragen an dem Gebreste deiner Mutter — bist müde, mein Kind — setz dich nieder hier — soll dir an Labe nicht fehlen —" und auf einen Wink ihrer Brauen eilten die kleinen Männchen, prächtigsten Imbiß auf silbernen Tassen präsentirend, heran.

Träumend griff Marie nach den köstlichen Speisen, während die Zwerge nicht die kleinste Gelegenheit, sich gefällig zu zeigen, außer Acht ließen.

„Nun reich Dein Körbchen her, Mariechen," hub die Fürstin von Neuem an, „hier empfängst du die edelsten aller Kräuter — doch wie gefällt es dir in diesen Gemächern — bin die Königin dieser Berge und Wälder — finde herzinniges Behagen an dir du holde Blume der Oberwelt — bleibe bei mir — sollst haben, wornach

immer deine Sehnsucht geht — nur die Mühle mit
ihren Forsten und dein Mütterlein sind Dir auf ewig verloren und was über der Erde vorgeht, berühre dich
nicht mehr. Mariechen bist du's zufrieden?"

Und die Jungfrauen, alle liebreizend und schön mahnten mit ihren Silberstimmen Mariechen zum Bleiben, und
die Bergmännlein hoben ihre kleinen schwieligen Hände
empor und falteten sie zu herzlichen Bitten.

„Bleibe bei mir," rief die Königin und zog die
Schwankende an ihre Brust.

„Nein, Nein, es geht nicht — meine arme kranke
Mutter — nein — nein — wie herrlich es auch hier —
wie gütig Du selber bist — laß mich mit meinem Körbchen und meinen Kräutern wieder zurück in die Mühle."

„Bedenk es, Mariechen."

„Führ mich nach Hause."

„Einen Augenblick noch, die Entscheidung drängt —"

„Ich kann nicht — ich muß — meine Mutter —"

Ein Donner rollte und wie ein dunkler Schatten
flog es durch die zauberhaften Räume des Schlosses.

„Lebe wohl — Du bist ein gutes, fürtreffliches Kind
— sollst glücklich werden da droben, und wo die Geister
der Unterwelt Dich zu segnen vermögen, werden sie deiner
zu gedenken nicht unterlassen."

Und der bleiche Mann mit dem silbernen Schlüssel-
bunde trat heran und führte seinen Schützling die Mar-

mortreppen wieder hinab. Dunkler und seltsamer fortan
wurde die Beleuchtnng; fahler glänzten Wiesen und Bäume,
schwerer wiegten die riesigen, farbenvollen Blumen sich an
den Stielen und die Springbrunnen, gleichsam in den
Lüften erstarrend, fielen mit hellem Klange, gleich Erze-
massen zu Boden. Scharfe Winde flatterten aus den Tiefen
empor und gleich Wolken jagten die Bilder der Landschaft von dannen. Schon stand man im finstern Stollen-
gange, der durch einen Schlag au die Felswand sich er-
hellte — abermals ein Donnerschlag und — Mariechen
sank betäubt und ermattet zu Boden.

Als das Bewußtsein zurückgekehrt, fand das Mädchen
sich am Hange der Lichtung, wo ihr in der Mondnacht
der seltsame bleiche Pförtner erschienen war. Nebenan im
Grase stand das Körbchen bis zum Rande mit frischen,
seltsam gezackten Kräutern gefüllt. Hoch in der morgen-
sonnigen Luft zwitscherten aber die Böglein des Waldes.

„Hab' ich geträumt?" rief Marie um sich blickend,
„nein, es war kein Traum! Seh' ich doch die schönen
Kräuter im Korbe und die Wassertropfen, die von dem
rauschenden Springbrunnen auf mich geschleudert worden,
hangen und blitzen noch in den Falten des Leibchens —
doch, wie sie starr geworden sind — wie sie schimmern und
flimmern — und sie schmelzen nicht in der Hand — will
sie zu mir stecken, diese seltsamen Tropfen" — und sie
griff nach dem Körbchen und schritt dem Mühlengrunde

entgegen. Und wie sie weiter und weiter wanderte, und
der Heimat näher und näher kam, wurde das Körbchen
schwerer und schwerer und zuletzt zur beinahe unüber-
windlichen Last. Endlich todtmüde, erreichte sie den Weg,
der über den Bach zur Mühle führte.

Da aber stürzte der Erschöpften ängstlich und jubelnd
zugleich das Mütterlein entgegen.

„Wo bist du nur so lange gewesen, Mariechen? —
Drei Tage auszubleiben — aber wie dank' ich dir für
die Kräuter, die du mir durch das freundliche Wald-
männlein geschickt, das mich zugleich über dein Außen-
bleiben getröstet und beruhigt, sintemalen es dir nach
seiner Aussage ganz wohl ergangen. — Fühle mich
völlig heiter und gesund — aber dennoch nagte die Angst
um dich — —."

„Du — — — bist Du's wirklich, liebe Mutter —
die seit Monden nicht das Bett zu verlassen im Stande
gewesen — gesund — Mutter — gesund — nein, es
war kein Traum — die Königin der Berge und Wälder
— und da bring' ich noch ein ganzes Körbchen voll
Kräuter —."

Und die Mutter wollte das Körbchen heben und
vermochte solches nicht. Die Kräuter aber waren nicht mehr
welch und grün, sondern fest wie Stein und gleißend
gelb — sie waren — gediegen Gold —

Und als das Mädchen der Wassertropfen gedachte,

die sie gesammelt und verwahrt hatte, wies es sich, daß ihr die edelsten und reinsten Diamanten zugewendet worden waren.

Nur mit Unterbrechungen gelang es der von den erfahrenen Eindrücken noch theilweise Berauschten aus den Erinnerungen ein geschichtliches Bild zu weben und der Mutter zu überliefern.

„Ja — weil Deine kindliche Liebe über alle anderen Verlockungen siegte, bist Du gesegnet worden, Mariechen, von den Geistern der Unterwelt."

Das war ein Jubel, eine Seligkeit in der öden, einsamen Mühle.

Bald darnach zogen Mutter und Tochter, nachdem sie die Wirthschaft den bisherigen beiden Knechten als Geschenk überlassen hatten, aus dem öden Grund fort und begaben sich mit ihren Schätzen in die Stadt.

Dortselbst lebte die Erstere vom Siechthum ungetrübt noch glückliche Jahre, während Mariechen als Gattin eines achtbaren Bürgers und Rathsherrn keinen Grund zur Klage fand.

Die Zaubergärten und das Zauberschloß der Königin der Berge sind aber seitdem nie wieder aufgefunden worden.

————

## Rudolf und Elelina.

Beiläufig zwei Meilen oberhalb Wien, am rechten Ufer der Donau liegt ein uraltes Felsenschloß, zubenannt der „Greifenstein." Die Zeit der Gründung ist unermittelt, doch fällt letztere jedenfalls in das eilfte Jahrhundert zurück, da bereits 1136 ein Dietrich von Greifenstein als Zeuge bei der Stiftung von Klosterneuburg erscheint. Eben so wenig als über den Ursprung vermag die Geschichte über den Verfall eine Auskunft zu geben. Wenige Burgen können einer gleich reizenden Lage sich rühmen. Von den durch Fürsorge der gegenwärtigen Besitzer (Fürsten von Liechtenstein) in wohnlichem Zustande erhaltenen Gemächern beherrscht das Auge nach allen Richtungen das blühende Land, Saatfelder und Weingärten, Wiesen und Auen, Berge und Wälder, Städte und Dörfer und den mitten hindurch, gleich einem Silberfaden sich schlängelnden Strom.

. Reimprecht, der letzte seines Geschlechtes war ein strenger, finsterer Herr. Nach dem Tode seiner Gattin gab er das einzige Kind ein Töchterlein von fünf Jahren in die Obhut des Burgkaplans, während er selbst dem Kriege und der Jagd sein Leben weihte. Der alte Priester übte das Amt der Erziehung mit sorglichster Gewissen-

haftigkeit und Etelina blühte zur engelschönen und engel-
guten Jungfrau empor.

Reimprecht blickte nicht selten mit dem Gefühle des
Staunens und des Wohlgefallens seine eigene Tochter au.
Er, der strenge, harte Gebieter milderte auf Etelina's
Fürwort manche seiner Forderungen und ließ dem Unglück
da und dort Schirm und Hilfe angedeihen. Darob athmeten
die Burgknechte sowohl als die Bauern auf und segneten
das holde Frauenbild als den Quell der Schonung und
der Gnade.

Reimprecht war reich, sehr reich, und auf diesen
Reichthum sowohl als auf seinen alten, ritterlichen Namen
über die Maßen stolz.

Da es ihm versagt war, Schloß und Wappen, Helm
und Schwert auf einen Sohn zu vererben, gelobte er,
Etelina's Hand nur in die eines hochangesehensten Adels-
sprossen legen zu wollen.

Etelina aber folgte nicht den Plänen des hochfahrenden
Vaters, sondern den Eingebungen ihres jungfräulichen
Herzens, und schenkte ihre Neigung einem zwar armen,
aber edlen Jünglinge, der als Knappe im Gefolge des
Greifensteiners diente.

Einst zog Reimprecht mit seinen Mannen dem österreichischen Landesfürsten gegen die Ungarn zu Hilfe und
betraute Rudolf, so hieß der Knappe, dem Etelina's Herz

zu eigen war, mit der Bewachung und allfälligen Vertheidigung des Felsenschlosses.

Der Dämon der Versuchung triumphirte. Rudolf und Etelina gestanden sich gegenseitig ihre glühende innige Liebe.

Der Jüngling vergaß, daß all sein Erbe nur ein untadlig ritterlicher Sinn und die Jungfrau dachte nicht an den Ahnenstolz ihres reichen Vaters.

Dem Flehen der Liebenden fügte sich nach längerem Bedenken der alte Burgkaplan und traute sie nach christlicher Sitte und Weise, hoffend, daß der Ritter sich mit der vollzogenen Thatsache versöhnen und dem einzigen Kinde den väterlichen Segen nicht vorenthalten werde.

Als aus der Ferne Reimprechts Horn erscholl und sein Fähnlein aus dem Thalgrunde emporflatterte, ergriff Bangen und Entsetzen das junge Ehepaar.

Der Priester rieth demselben, sich vorläufig in einem der Burggewölbe zu verbergen und versprach alle Beredsamkeit aufwenden zu wollen, um den zürnenden Herrn zur Milde zu stimmen.

Reimprechts erste Frage galt in der That seinem Kinde.

Der Kaplan führte den Ungeduldigen allmälig in die Kenntniß des Ereignisses ein.

Einige Zeit verharrte Reimprecht schweigend, gleich einer Marmorsäule, dann schnellte er sich mit der Wuth eines Berzweifelnden empor und rief mit donnernder Stimme:

„Fluch dem Berräther, der mein Kind verführt! Fluch dem Kinde, das den stolzen Namen seiner Ahnen geschändet! Ungestraft nicht soll das Berbrechen bleiben!"

„Berzeiht edler Herr den Gefallenen, und gönnet ihnen, sich wieder aufzurichten an Euerer Güte —"

„Nichts von Gnaden, nichts von Bergebung. — Die Schandthat ruft nach Rache — Rache — und wenn ich je so schwach sein sollte, den Berfluchten meine Hand entgegenzustrecken, so soll der Tod mich augenblicks ereilen!"

„Bedenkt, was Ihr sprecht, gnädiger Herr und Ritter," fiel der alte Kaplan in die Rede.

„Wo sind sie? auf daß mein Schwert —"

„Sie sind für jetzt geborgen —"

„Geborgen — und das wagst Du zu sagen, der der Sünde unter die Arme gegriffen — elender Kuppler — in den Thurm mit Dir — in das tiefste Berließ!"

Der Befehl des Wüthenden wurde vollzogen.

Rudolf und Etelina waren nicht zu finden. Sie hatten, von bösen Ahnungen gefoltert, das heimliche Gewölbe verlassen und im Dunkel des Waldes ein Asyl gesucht.

Jahre schwanden.

Reimprecht pflegte leidenschaftlicher als je die Jagd. Er meinte im Sturme den Frieden des Herzens finden zu können.

Eines Abends im Spätherbst verlor er sein Gefolge und vermochte weder dieses noch einen Ausweg aus dem Gewirr einer ihm völlig unbekannten Waldgegend zu gewinnen.

Vergebens stieß er in sein mächtiges Horn — keine Antwort erfolgte. — Grauenvolles Schweigen waltete weit und breit und nur zuweilen klirrten die Schwingen eines auffliegenden Nachtvogels über seinem Haupte dahin. Ermattet warf er sich endlich auf einen Baumstrunk nieder und entschlief. Lang bevor der Morgen graute raffte der Ritter sich wieder empor. Seltsame Gefühle beschlichen seine Brust. Eigene Noth pflegt ja an fremde zu er- innern. Etelina's Gestalt tauchte vor seinem Geiste empor. — Das schöne, ihm einst so theure Mädchen ging als abgehärmte Bettlerin vorüber und seufzte: „Vater, das hat Dein Fluch gethan!"

Als die Sonne hoch und höher emporflieg, kräftigte sich auch Reimprechts Wesen wieder, obgleich es ihn wie Geistergeflüster fort und fort umrauschte.

Es ward Mittag — noch zeigte sich kein Pfad —

Waldbeeren und Quellwasser mußten Hunger und Durst besänftigen.

Abermals neigte sich die Sonne zum Scheiden, und das bange Gefühl der Einsamkeit und Verlassenheit machte nachhaltiger und gewaltiger sich geltend.

Ein bemooster Fels bot das Nachtlager, aber·kein Schlummer mochte die brennenden Augen verschließen.

Abermals tauchte das erquickende und erhebende Licht im Osten empor, und gönnte dem verirrten und todmüden Jägersmann auf's Neue nach Ausgangspfaden zu forschen.

Da schlug es plötzlich wie Wellenrauschen an sein Ohr. Den Klängen folgend durchbrach er mit allem Aufgebot von Kraft die Büsche, und trat — an's Ufer der Donau. Ein Aufschrei des Entzückens entfuhr der den Hauch eines neuen Lebens verspürenden Brust.

Nun, da Bangen und Grausen verwunden war, warf Reimprecht seine Blicke nach den Felsen zurück, deren Dornstauden ihm das Wams zerrissen und Arme und Beine blutig geritzt hatten. Da öffnete sich ein nachtdunkler Schrund. Aus der Tiefe desselben tauchte gleich einem Schatten ein bleiches, nur in Lumpen kärglich gehülltes Frauenbild. Lange, blonde Locken rollten von den Schultern hinab und liehen der Erscheinung einen dämonischen Ausdruck.

Nur Einen festen, durchbohrenden Blick warf Reimprecht auf das räthselhafte Weib, als dieses zitternd und bebend vor dem Ritter in die Kniee sank und „Vater! Vater!“ ausrief.

Auch dieser fand in den gramdurchfurchten Zügen das einst so himmlisch milde Antlitz seiner Etelina wieder.

6*

Die Fantasiegebilde der abgelaufenen Stunden hatten sich in Wirklichkeit verwandelt.

„Etelina!" sprach der Ritter, „unglückseliges Kind!"

„Oft schon wollten ich und mein Gatte den Greifenstein hinansteigen und den Tod von deiner Hand erflehen! Ach, der Tod ist minder furchtbar, als das entsetzliche Gefühl, verstoßen und verflucht zu sein! Nimm Dein Schwert und durchbohre mich, mich und meinen Gatten — wir haben ja beide gefrevelt — nur das arme Kind —"

„Und wo ist Dein Gatte? —"

„Er sucht im Walde nach Nahrung."

Während Etelina die letzten Worte gesprochen, kam ein Mägdlein von etwa 4 Jahren herangesprungen und schaute den fremden Mann in seiner gleißenden Tracht verwundert an.

Ein Sturm von Empfindungen durchlobte Reimprechts Herz und Thränen der Wehmuth funkelten im finsteren Blick.

„Ihr habt mich tief verletzt — die Stelle getroffen, wo ich am verwundbarsten war — Ihr habt genugsam gebüßt!"

Da klirrten die Zweige der Erlen und Rudolf, dessen einzig Kleid eine Bärenhaut war, trat, einen Korb mit Holzbirnen tragend, aus dem Düster.

Auch er warf sich vor dem Ritter zu Boden und flehte um Tod oder Vergebung.

„Sei es — mag der Fluch, den ich gesprochen, auf mich zurückfallen — will verzeihen, wenn ich auch nicht vergessen kann! Kommt mit mir in mein verödet Schloß!"

Nach kurzer Frist traf die seltsame Karavane auf Mannen und Knechte, die den verirrten Gebieter aufzusuchen beflissen waren.

Als jedoch Reimprecht die Treppen der Burg emporstieg, glitt er aus, stürzte und zerschellte sich sein Haupt.

Ohne Groll wider Gottes Rathschluß trug der Unglückliche die Qualen seiner letzten Stunden. „Es waltet ein gerechtes Schicksal," lauteten seine letzten Worte, „und jede Unthat findet ihren Lohn! Ihr habt gebüßt für Euren Ungehorsam und ich büße nun für meine Härte! Was ich geschworen, ist von den ewigen Mächten vernommen worden!"

Er verschied in den Armen des, aus seiner Kerkerhaft befreiten Burgkaplans. Etelina drückte ihm die müden Augen zu.

## Der Riese auf dem Greifenstein.

Vor vielen, vielen Jahren, als Ritter und Knappen bereits verschwunden waren, hauste auf dem Greifenstein ein altes Mütterchen, das durch seine Wunderkuren weil und breit sich bekannt gemacht hatte.

Zur selben Zeit lebten in der Stadt Korneuburg zwei Brüder, Christian und Leopold geheißen, die eine gemeinsame Junggesellenwirthschaft führten und in gleicher Weise an einem Magenübel laborirten.

„Ich denke," rief eines Tages Christian, „wir haben lange genug von den gelehrten Doktoren uns an der Nase herumführen lassen und manch schweres Stück Silber ihnen in die Taschen gesteckt — versuchen wir es mit der Zauberfrau auf Greifenstein —"

„Nun, Nun," meinte Leopold, „ganz richtig dürfte es mit der alten Heze denn doch nicht bestellt sein!"

„Schlimmer als wir's bisher getroffen haben, können wir's nicht leicht mehr treffen und um die Gesundheit wieder zu erlangen, läßt sich ein Versuch wohl wagen."

Nach längerem Hin- und Widerreden einigten sich die Brüder und fuhren über die Donau dem Greifensteine zu.

Die alte Kurkünstlerin prüfte mit bedächtigen Mienen

den Pulsschlag der Patienten, langte endlich aus ver-
schiedenen Schränken verschiedene Kräuter hervor, und
erörterte in langer Rede die Art und Weise des Absudes.

„Täglich vor Sonnenaufgang und nach Sonnen-
untergang gilt es ein mäßig Trinkhorn auszuleeren und
binnen drei Wochen seid ihr gesund und stark genug, den
Schatz zu heben, der in den Kellern dieses Schlosses
ruht!"

Die Brüder dankten, drückten der Alten einen voll-
wichtigen Thaler in die Hand und schifften in ihre Heimat
zurück.

Das Gebreste des Leibes war wirklich binnen weni-
gen Tagen behoben, dagegen begann die Seele zu kränkeln.
Das seltsame Weib hatte mit den leicht hingeworfenen
Worten von den unterirdischen Schätzen eine Welt von
Leidenschaften emporgerufen.

Leopold und Christian waren nicht mehr die harm-
losen Junggesellen von ehedem.

„Erinnerst Du Dich noch, Christian," hub Leopold
an, „an die letzten Stunden unseres Großvaters, der hat
auch von Schätzen, von unermeßlichen Schätzen —"

„Wohl besinne ich mich," fiel Christian ein, „es ist
auch nicht unmöglich. — In den alten Burgen herrschte
ja Reichthum und Pracht —"

„Laß uns unser Glück versuchen. Im Dunkel der
Nacht klettern wir den Greifenstein hinan und graben

unter dem Thorgewölbe, das der Großvater als den Fundort bezeichnet, frisch und lustig darauf los!"

Gesagt, gethan.

Mit den erforderlichen Werkzeugen wurde die Fahrt angetreten.

Stundenlang beim matten Ampelschein handthierten die beiden Brüder. Weder Gold noch Edelgestein wollte sich weisen. Endlich traf das Grabscheit auf eine mächtige Steinplatte.

„Rüstig vorwärts," rief Christian. „Das heißt im Schweiße seines Angesichtes sich sein Brod verdienen!" spöttelte Leopold.

„Ja wohl, die verdammte Platte wiegt ihre tausend Pfund!"

Nach unsäglichen Mühen war der Stein emporgehoben, doch statt der geträumten Schätze wies sich nur ein riesiges menschliches Gerippe, dem jedoch der Schädel fehlte. —

„Christian," fuhr Leopold empor, „den Kerl möchte ich lebend mit seinem den ungeheuren Knochen entsprechenden Kopf vor mir stehen sehen."

„Ein sauberer Fund das," wetterte Christian und schlug mit seiner Axt in die Knochen hinein.

„Du machst dem Goliath dadurch die Auferstehung unmöglich —"

„Er wird, wenn's gilt, schon die Splitter zusammenfinden!"

„Auch gut!"

Solches sprachen die Frevler und schleuderten die Knochen nach allen Richtungen umher.

Am Abende des folgenden Tages saßen die Brüder noch erschöpft von den Anstrengungen der Schatzgräberei in ihrer Stube beim Weinhumpen. Der Mond stieg voll und bleich über den Bergen empor. Da pochte es an den Fensterladen.

„Wer mag das sein," frug Leopold.

„Macht sich der Nachbar Kunz einen Spaß — —" bedeutete Christian.

Das Pochen wiederholte sich — die Balken flogen auf.

Ein furchtbar großes Antlitz mit flammenden Augen wies vom Mondlichte bestrahlt sich den entsetzten Brüdern.

„Hab meine Knochen wirklich zusammengelesen und komme nun meine Aufwartung zu machen. Habt ja das Verlangen ausgesprochen, mich zu sehen!"

Und die Erscheinung wuchs und wuchs in den Himmel empor, der sich tiefer und tiefer verfinsterte. Dumpfe Donner rollten, fahle Blitze zuckten.

Die Brüder brachen ohnmächtig zusammen und verfielen einem Siechthum, das innerhalb weniger Wochen mit dem Tode abschloß.

Von da ab wagte aber Niemand mehr das unheimliche Gewölbe zu betreten und den Riesen in seinem
Schlafe zu stören.

---

## Wulfo von Herand.

Am Fuße des Kahlengebirges liegt die uralte ·Ort-
schaft Sievering, welche ihren Namen wahrscheinlich dem
Noriker-Apostel Severin verdankt, der am 2. Januar
482 zu Heiligenstadt seine Augen schloß.

Auf einer der Waldes-Höhen gegen Dornbach zu,
stand vor Zeiten eine durch Mauern und Thürme wohl-
befestigte Burg. Längst ist jede Spur verschwunden, doch
der Name des letzten Zwingherren waltet noch zur Stunde
im Munde des Volks.

Wulfo von Herand lebte vom „Sattel und Stegreif"
und war als Landfriedenstörer weitaus gefürchtet. Auch
beschränkte er sich nicht auf die Plünderung der Kaufleute
und Brandschatzung von Kirchen und Pfarrhöfen, sondern
wandte sein räuberisches Augenmerk auch den schönen
Jungfrauen zu, die er gewaltsam in sein Felsennest schleppte.

Unfern von Sievering hauste ein Forstmann, dem
ein wunderfeines und engelmildes Töchterlein zu eigen
war. Ida's Herz schlug für den Jäger Otto, der mit dem
österreichischen Herzoge gegen die Ungarn ausgezogen war.

Wulfo von Herand hatte von Ida's Reizen Kenntniß erhalten und lauerte der Arglosen auf. Bald war das Bubenstück gelungen. Ida wurde überfallen und zur Burg emporgeführt. Den finsteren und in der Regel erbarmungslosen Ritter überkam ein seltsam fremdes Gefühl, als er in das Antlitz des edlen unschuldigen Mädchens blickte.

„Nimm hier meine Hand, schmucke Dirne," rief er aus, „sollst ein sorgenlos bequem Leben führen und will auch Deines alten Vaters letzte Tage zu verschönern gnädiglich bedacht sein."

Allen diesen verlockenden Anträgen und stürmischen Werbungen stellte Ida eine entschiedene Verneinung entgegen. Sie dachte an den fernen Geliebten und das demselben geleistete Versprechen der Treue.

Darob entbrannte Wulfos Zorn.

„Ergibst Du Dich nicht willig meinen Forderungen, so sollst Du erfahren, daß man mich auf Meilen im Umkreise nicht umsonst den Grausamen nennt. Die Hand, welche sich ausstreckt, Dich zur Edelfrau zu erheben, ist auch stark genug, das Schwert durch die Brust einer widerspenstigen Dirne zu stoßen."

Zitternd und bebend erbat sich Ida eine Frist von drei Tagen, die ihr von Herand verwilliget wurde.

Das Mädchen wollte einerseits noch die Hoffnung auf Erlösung nicht aufgeben, anderseits durch Erhebung seines Gemüthes zum Urquell aller Gnaden sich auf ein christlich

Ende vorbereiten. Es war nämlich entschlossen, eher mittelst eines Dolchstoßes sich selbst den Tod zu geben, bevor der Wüstling sie in seine Arme als Gemalin schließen sollte.

Wulfo zweifelte nicht an der Ergebung Ida's in seinen Willen. Er traf großartige Anstalten zur Vermälungsfeier und lud eine große Zahl gesinnungsverwandter Ritter und Raubgenossen sammt ihren Frauen zu Gaste.

Ida wandelte traumverworren im Schloßgarten auf und nieder.

Mittlerweile war Otto, der durch Tapferkeit und edle Gesinnung sich den Ritterschlag erworben hatte, aus dem Kampfe heimgekehrt. Pochenden Herzens eilte er dem Jägerhause zu, das alle Wünsche seines Herzens, alle Gedanken seines Geistes einschloß.

„Ida ist Wulfos Braut!" klang es gleich Donnerschlägen an sein Ohr.

Der alte Förster wußte keinen Rath und weinte wie ein Kind.

„Ihr habt Recht Vater — wenn Ida in die Verbindung mit dem frechen Räuber willigt, gehorcht sie nur dem Zwange — ein freier Entschluß ist nicht vorhanden — doch — noch gilt es nicht zu verzagen, und wenn es Gott gefällt, wird der Verruchte zum Falle kommen!"

Sprachs und stieg den Herandsberg hinan. Gegenüber der Burg erhob sich eine vielhundertjährige Tanne,

deren Wipfel in die Gemächer des Erdgeschosses hinein-
blickten. Diesen Baum galt es zu erklettern und von
diesem Baume aus gewahrte er Ida mit gefalteten Händen
im Schloßgarten auf- und niederschreiten.

Ein kühner Sprung ließ den Entzückten einen hervor-
ragenden Erker erreichen, von diesem schwang er sich gegen
die Gartenmauer, und gelangte glücklich in den Raum,
den Ida mit ihren Seufzern und Klagen erfüllte.

„Nein, Du gedenkst nicht, mir untreu zu werden —
Du bist mein — einzig mein —" rief Otto aus und
hielt das ohnmächtig zusammenbrechende Mädchen in
seinen Armen.

Mit kurzen Worten berichtete die aus der Betäubung
sich Emporraffende ihre Gefangennehmung und den ge-
faßten Beschluß.

„Laß uns nicht säumig sein," ermahnte Otto, „im
nächsten Augenblicke kann Wulfo zurückkehren!"

Kaum waren jedoch die Worte gesprochen, als die
Erlenbüsche sich theilten und eine riesige Mannesgestalt
mit blitzendem Schwerte vortrat. Bevor Otto noch zur
Gegenwehr sich zu rüsten vermochte, sank er vom mächtigen
Schlage getroffen zu Boden.

„Nichtswürdige Heuchlerin," fuhr Wulfo auf, denn
er war's, der die Liebenden überrascht hatte, „empfange
den verdienten Lohn!"

Sofort faßte der Rasende den Arm der Schwergeprüften und schleuderte sie durch eine Pforte in jenen Abgrund hinab, der bereits manch eines schuldlosen Opfers Grab geworden war. Geblendet von seiner Wuth trat er jedoch zu nah an den Rand und stürzte zugleich mit seiner Last in die Tiefe.

Das Maß der Verbrechen war voll geworden.

Wulfo grüßte das Sonnenlicht nicht wieder. Mit zerschmettertem Haupte gewann er den Boden, um unter den schrecklichsten Qualen zu verröcheln, während Ida mit ihren Gewändern an einem Baumstrunke hangen blieb.

Auch Otto erholte sich wieder, da der Streich durch die Eisenhaube nicht hindurchzudringen vermögend gewesen war.

Sein erstes Werk war die Rettung der durch ein Wunder dem Todessturze entronnenen Braut. Dann raffte er eine Schaar von Landleuten zusammen, stürmte das herrenlos gewordene Raubnest und brach dessen lange Zeit hindurch so gefürchtet gewesene Mauern.

# Inhalt.